LE
DÉTROIT DE MAGELLAN

SCÈNES, TABLEAUX, RÉCITS

DE

L'AMÉRIQUE AUSTRALE

PAR

HENRI FEUILLERET

TOURS
ALFRED MAME ET FILS
ÉDITEURS

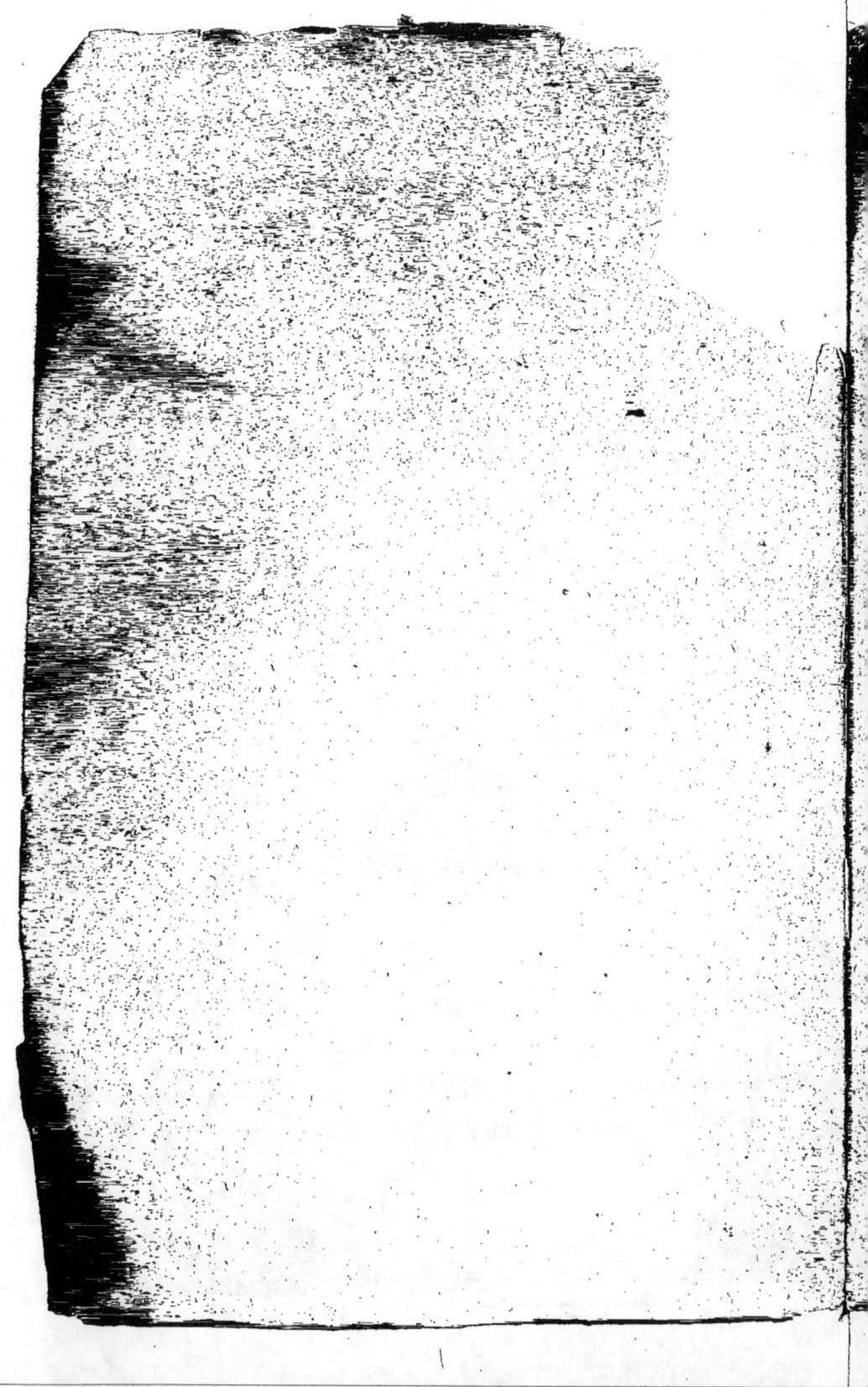

LE

DÉTROIT DE MAGELLAN

—

2ᵉ SÉRIE GRAND IN-8º

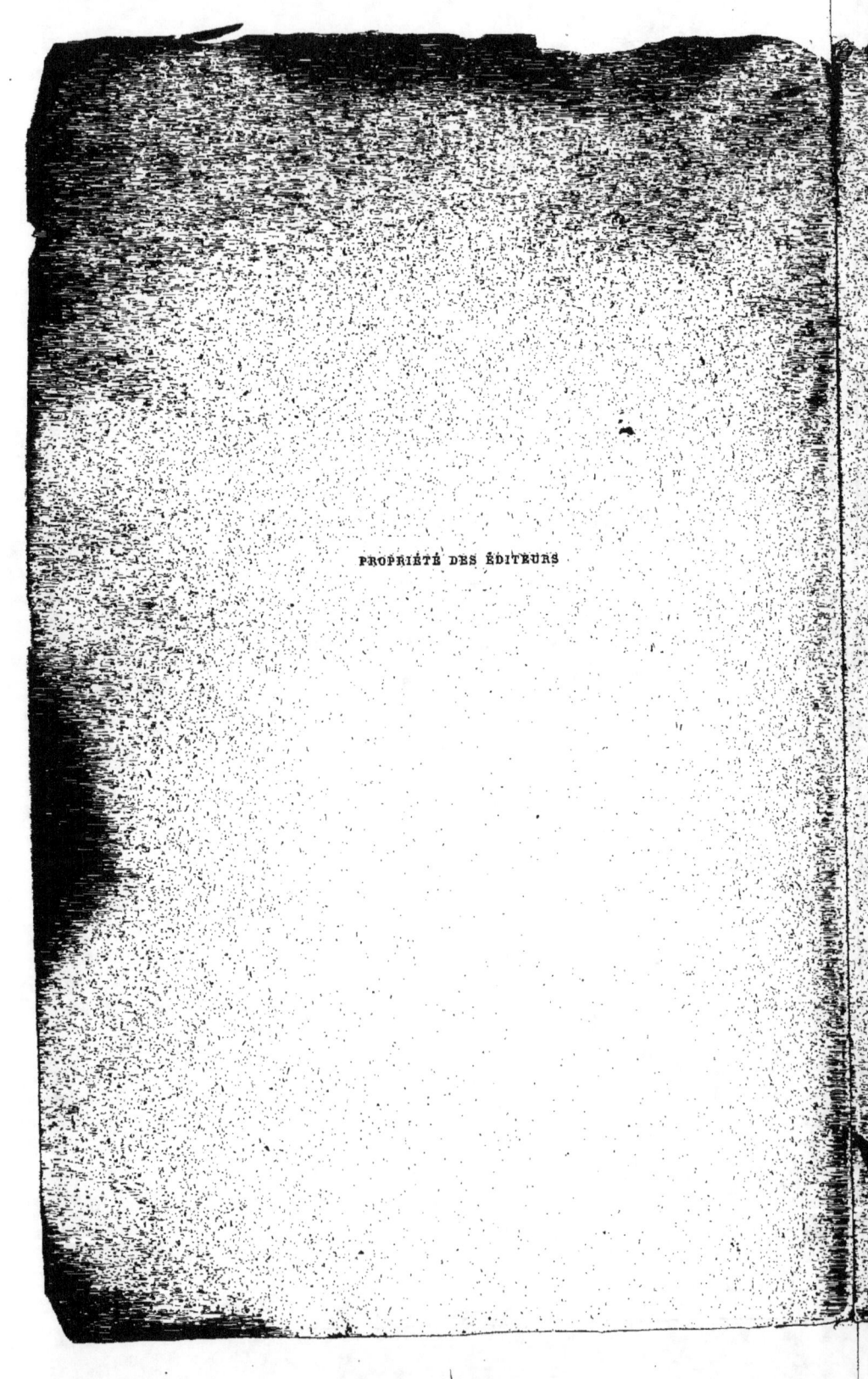

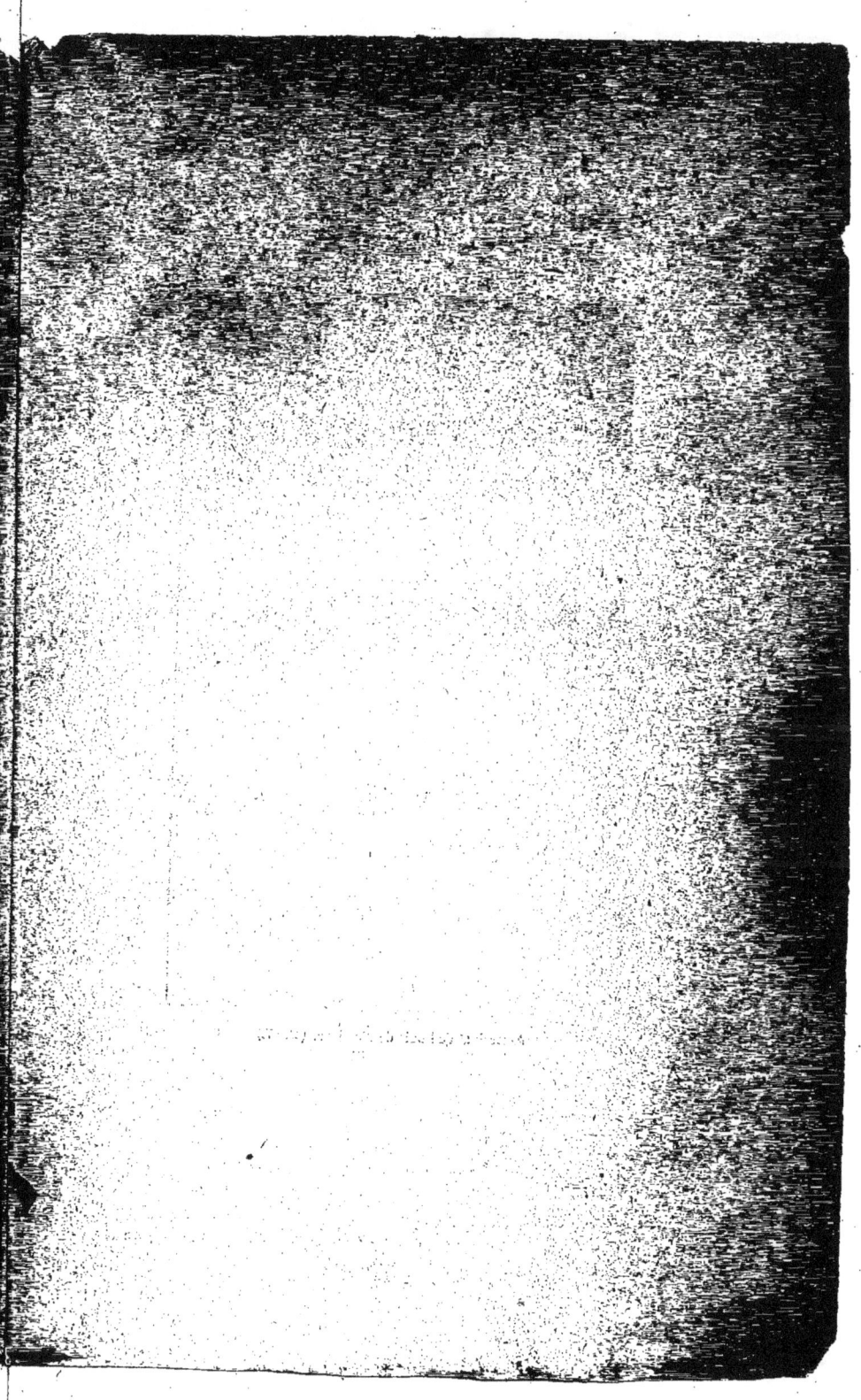

Assassinat de Louis de Mendoza. (P. 47.)

LE
DÉTROIT DE MAGELLAN

SCÈNES, TABLEAUX, RÉCITS

DE

L'AMÉRIQUE AUSTRALE

PAR

HENRI FEUILLERET

« Il n'y a pas au monde de meilleur
détroit que celui-ci. (PIGAFETTA.)

TOURS
ALFRED MAME ET FILS, ÉDITEURS

M DCCC LXXXV

A MA SŒUR MARIE

INTRODUCTION

Il y a déjà quelques années, nous avions présenté à nos jeunes lecteurs, avec le tableau des régions arctiques, le récit des voyages entrepris pour retrouver les traces de Franklin, pour chercher le passage du Nord-Ouest, enfin pour atteindre le pôle Nord; car tels ont été les trois objectifs des illustres marins qui se sont aventurés dans les mers polaires [1].

Aujourd'hui nous transportons le lecteur dans un autre hémisphère, à l'autre extrémité du continent américain. Mais, pour changer de zone et de latitude, la leçon qui ressortira de ces nouveaux récits sera au fond toujours la même. On verra l'homme toujours aux prises avec une nature âpre et sauvage, un climat excessif, un sol presque stérile, obligé de demander sa nourriture au produit de sa chasse et de sa pêche, ses vêtements à la dépouille des animaux, un abri enfin à des huttes plus

[1] *Voyage à la recherche de Franklin,* 1 vol., et *les Successeurs de Franklin,* 1 vol. (Mame).

ou moins grossières. Si les Patagons nous offrent les
rudiments d'une civilisation à peine ébauchée, on recon-
naîtra aisément que les misérables Fuégiens ne ressemblent pas mal aux malheureux Esquimaux.

Un mot sur l'économie du présent ouvrage.

Dans la *première partie*, nous présentons l'histoire de
la découverte du détroit de Magellan, d'après les témoi-
gnages les plus authentiques. La *deuxième partie* est
consacrée à la description non seulement du détroit,
mais encore des régions circonvoisines, en un mot, de
l'Amérique australe, et sous cette dénomination nous
comprenons, outre le détroit, la Patagonie, la Terre-
de-Feu, les îles adjacentes, enfin les îles Falkland.
Dans la *troisième partie*, nous passons en revue les
principaux voyages entrepris à la suite de Magellan,
en les restreignant toutefois dans les limites du détroit.

Ce livre est né d'une conférence[1]. Le sujet n'a pas
paru déplaire au public devant qui nous avions l'honneur de parler. Puisse l'ouvrage être accueilli du lecteur
avec la même bienveillance.

1 Faite à Bordeaux le 27 février 1879.

Bordeaux, 1er mai 1879.

PREMIÈRE PARTIE

LA DÉCOUVERTE DU DÉTROIT

CHAPITRE I

VASCO NUÑEZ DE BALBOA

Sept ans après la mort de Christophe Colomb, l'Espagnol Balboa découvrit la mer du Sud.

Comme c'est là un des événements les plus mémorables du commencement du seizième siècle, et qui eut pour conséquences la recherche et la découverte du détroit de Magellan, il est à propos d'en relater les principales circonstances.

Vasco Nuñez de Balboa naquit à Xérès, en 1475, d'une famille noble, mais pauvre; aussi dut-il songer de bonne heure à pourvoir à ses besoins. Cela était facile à la fin du xvie siècle, alors que les découvertes faites par les Portugais et les Espagnols ouvraient une carrière

à tous les aventuriers. Balboa navigua donc, et acquit
bien vite une certaine expérience des hommes et des
choses. Après des courses et des entreprises plus ou
moins lucratives, il alla s'établir comme cultivateur ou
colon à Haïti, cette île qui fut le berceau de la colonisation dans le nouveau monde. Mais, soit imprévoyance,
soit inhabileté, il fit mal ses affaires et il finit par s'en-
detter. Il aurait bien voulu laisser là l'agriculture et reprendre son ancien métier de marin. Précisément le
gouvernement préparait à cette époque une expédition
ayant pour but d'explorer l'intérieur de l'isthme de
Darien, dont Christophe Colomb avait reconnu la côte
orientale dans son quatrième voyage, et on avait placé
à la tête de cette expédition un marin, géographe fort
distingué, nommé Enciso.

Malheureusement une loi du gouvernement interdi-
sait à tout débiteur de prendre part à aucune campagne
de ce genre, et Balboa voyait avec regret lui échapper
l'occasion de relever ses affaires et peut-être d'acquérir quelque renom. L'ambition ou le besoin lui sug-
géra le moyen d'éluder, au prix de sa vie, la défense du
gouvernement. Au moment où Enciso allait partir, il se
fit transporter à bord dans une barrique, et une fois le
navire en mer il sortit de sa cachette, où, comme on le
pense, il avait dû subir plus d'un genre de supplice.
D'abord Enciso entra dans une grande colère et résolut
de l'abandonner sur la première plage venue. Puis il
se ravisa, et réfléchit qu'un tel homme pourrait lui
rendre quelques services. Balboa, nous disent les his-
toriens, avait à cette époque trente-cinq ans. C'était un
homme dispos, agile et robuste de ses membres, d'ail-

leurs fort entendu en tout ce qui concernait le commandement et fait pour souffrir le travail et la peine. C'était en
outre la meilleure lance et la meilleure tête qui eussent
jamais protégé un camp espagnol au milieu des tribus
sauvages et idolâtres du pays [1]. Par son audace, par son
courage et son intrépidité, il ne tarda pas à se rendre
cher aux soldats et aux marins, si bien qu'il finit par sup-
planter Enciso lui-même et se fit nommer gouverneur
de la colonie de *Santa-Maria*, que les Espagnols avaient
fondée sur la côte de Darien. Là il se préparait à de
grandes entreprises par la guerre incessante qu'il faisait aux Indiens du voisinage. Pour mieux résister à ces
sauvages qui combattaient presque nus, il avait dressé
de terribles lévriers presque aussi redoutables que leurs
flèches empoisonnées. *Leoncillo*, fils de *Berezillo*, est
célèbre dans l'histoire. C'était le plus terrible animal de
la meute de Balboa, et l'histoire a mieux conservé le
souvenir de cette filiation que de celle de Balboa lui-
même. Le féroce lévrier passait pour valoir, dans les
combats, autant que vingt hommes armés. Aussi rece-
vait-il régulièrement la paye du soldat. On ajoutait
qu'une trentaine d'animaux semblables à Leoncillo auraient suffi pour dépeupler l'isthme de Darien. Aussi
obéissant que fougueux, il suffisait d'un mot de son
maître pour l'arrêter tout court au plus fort de la mêlée.

---

1 « L'intrépidité de Balboa était si extraordinaire, qu'elle le distinguait
de tous ses compatriotes, dans un temps où le dernier des aventuriers se
faisait remarquer par son audace et son courage. Il joignait à la bravoure
la prudence, la générosité, l'affabilité et ces talents populaires qui, dans
les entreprises les plus téméraires, inspirent la confiance et fortifient l'at-
tachement. » (Robertson, *Histoire de l'Amérique*, livre III.)

Ce mot, Balboa aimait à le prononcer souvent bien avant
la fin du combat, et, chose étrange, l'homme au redoutable lévrier était cher aux Indiens.

Désormais deux objets occupaient la pensée de Balboa et stimulaient son ambition, car jusqu'alors il
n'avait rien fait de mémorable. On parlait vaguement
d'une mer voisine dont Christophe Colomb, dans son
dernier voyage, avait soupçonné l'existence, et d'un
pays également voisin où l'or se trouvait en abondance.
Balboa fut confirmé dans ses ambitieuses espérances par
la révélation que lui fit un chef indien, auprès de qui il
avait trouvé un jour, lui et quelques-uns de ses compagnons ou de ses soldats, un accueil et une hospitalité
dignes des temps anciens. Ce chef indien avait sous sa
tente et sur sa table des ustensiles d'or, qu'il se plut, à
la fin du repas, à distribuer à ses convives. Ceux-ci
s'étant pris de querelle pour la possession de ces trésors :
« Il est inutile, leur dit-il, de vous disputer pour si peu
de chose; si vous voulez de l'or, vous en aurez quand
vous voudrez et autant que vous voudrez. La terre où on
le trouve n'est pas éloignée. Mais il faut être plus nombreux que vous n'êtes pour tenter l'aventure. Toutefois
mille d'entre vous suffiraient pour subjuguer ce pays, où
règnent des chefs puissants qui ne boivent que dans des
vases d'or, et où l'on navigue dans des barques presque
semblables aux vôtres. Il faut voir six fois le soleil pour
contempler la mer qui baigne ce pays. » Et, en parlant
ainsi, l'Indien montrait à Balboa la partie sud de l'horizon. Il ajoutait qu'il lui servirait de guide.

De retour à Santa-Maria, Balboa s'empressa d'expé-
dier au gouverneur de Haïti des messagers chargés de

riches présents, afin d'obtenir de lui les mille hommes
nécessaires pour le projet qu'il méditait. Malheureusement une tempête engloutit les messagers avec les présents. Ne les voyant pas revenir, Balbao résolut de se
mettre en campagne avec la poignée d'hommes qu'il
avait sous la main. Il enrôla mille indigènes pour porter les vivres et tout le matériel de guerre. Enfin il
n'oublia pas ses fameux lévriers. Parmi les cent quatre-
vingt-dix hommes qui composaient le noyau de sa petite
armée, se trouvait un jeune homme nommé François
Pizarre, qui devait quelques années plus tard acquérir
une gloire immortelle par la conquête du pays que Balboa
ne put découvrir.

Le pays dans lequel il allait s'engager n'est autre
que l'isthme de Panama, dans la partie la plus étroite
de son long développement. Son sol est généralement
plat, hérissé de collines qui ont rarement plus de
cent à cent cinquante mètres d'élévation. Ces collines
sont boisées, et l'étaient bien davantage du temps de
Balboa; mais alors, comme aujourd'hui, la terre était
souvent noyée d'eaux stagnantes qui rendaient le climat
insalubre. Les pluies diluviennes qui, dans la zone tro-
picale, durent pendant les deux tiers de l'année, donnent
naissance, avec la chaleur de l'été, à une végétation
tellement active et vigoureuse qu'il est difficile de se
frayer un passage à travers les inextricables fourrés des
vallées et des bois. De nombreux cours d'eau se dirigent
en sens contraire pour aller se jeter, les uns dans l'océan
Atlantique, les autres dans le Pacifique, mais les eaux
ne trouvent pas toutes de l'écoulement, ce qui contribue
à l'insalubrité du climat.

Les indigènes de cette région sont restés ignorants et
farouches. Le temps, la conquête et le voisinage des Européens n'ont guère modifié leur caractère. Toujours
disposés, par la connaissance qu'ils ont du pays, à
abuser de la confiance ou de la crédulité du voyageur,
ils ne purent inspirer à Balboa que la plus grande
réserve.

Ici nous laissons parler le grave Robertson.

« Balboa se mit en marche, pour cette grande expédition, le 1er septembre 1513, vers le temps où les pluies
périodiques commencent à diminuer. Il se rendit par mer
sans aucune difficulté sur le territoire d'un cacique dont il
avait gagné l'amitié; mais il n'eut pas plus tôt commencé
à pénétrer dans l'intérieur du pays, qu'il se trouva re-
tardé dans sa marche par tous les obstacles qu'il avait eu
lieu de craindre, tant de la nature du terrain que de la
disposition des habitants. A son approche quelques caciques s'enfuirent avec tous leurs sujets vers les montagnes, emportant avec eux ou détruisant tout ce qui
pouvait servir à la subsistance des troupes espagnoles.
d'autres rassemblèrent leurs sujets pour s'opposer à
Balboa, qui ne tarda pas à sentir combien il lui serait
difficile de conduire un corps de troupes au milieu de
nations ennemies, à travers des marais, des rivières et
des bois qui n'avaient jamais été franchis que par des
sauvages errants. Mais, en partageant les fatigues d'une
pareille marche avec le dernier de ses soldats, en se
montrant toujours le premier au danger et en leur pro-
mettant avec confiance plus de gloire et de richesses
que n'en avait jamais obtenu le plus heureux de leurs
compatriotes, il savait si bien échauffer leur enthou-

siasme et soutenir leur courage qu'ils le suivaient sans
murmurer. Ils avaient pénétré assez avant dans les montagnes, lorsqu'un cacique puissant se présente avec un
corps nombreux de ses sujets pour défendre le passage
d'un défilé; mais des hommes accoutumés à vaincre de
si grands obstacles ne pouvaient être arrêtés par de si
faibles ennemis. Ils attaquèrent les Indiens avec impétuosité et continuèrent leur marche, après les avoir dispersés sans beaucoup de peine et en avoir fait un grand
carnage. Quoique leurs guides leur eussent dit qu'il ne
leur fallait que six jours pour traverser l'isthme dans sa
largeur, ils en avaient déjà passé vingt-cinq à se frayer
un chemin à travers les bois et les montagnes. Plusieurs
d'entre eux étaient sur le point de succomber sous les
fatigues continuelles de cette marche dans un climat brû-
lant; plusieurs furent attaqués des maladies particulières
au pays, et tous étaient impatients d'arriver au terme de
leurs travaux et de leurs souffrances. Enfin les Indiens
leur assurèrent que du sommet de la montagne la plus
voisine ils découvriraient l'Océan, qui était l'objet de leur
désir. Lorsque après des peines infinies ils eurent gravi
la plus grande partie de cette montagne escarpée, Balboa
fit faire halte à sa troupe et s'avança seul au sommet,
afin de jouir le premier d'un spectacle qu'il rêvait depuis si longtemps[1]. Dès qu'il aperçut la mer du Sud,

---

1 Balboa se trouvait alors sur la sierra de *Quaregna*. Balboa fut mal
récompensé de ses services. En butte à la haine de ce Fonseca qui avait
persécuté Christophe Colomb, il fut supplanté dans son commandement
par Pédrarias, qui le condamna d'abord à l'amende, puis un peu plus tard
le fit juger et exécuter. « Je ne puis prononcer le nom de Balboa sans y
joindre l'expression d'une commisération profonde. C'est un exemple amer

s'étendant devant lui dans un horizon sans bornes, il
tomba à genoux, et, levant les mains vers le ciel, il
rendit grâces à Dieu de l'avoir conduit à une découverte si avantageuse pour son pays et si glorieuse pour
lui-même. Ses compagnons, observant ses transports,
s'avancèrent vers lui pour partager son admiration, sa
reconnaissance et sa joie. Ils se hâtèrent de gagner le
rivage, et Balboa, s'avançant jusqu'au milieu des eaux
de la mer avec son bouclier et son épée, prit possession
de cet océan au nom du roi d'Espagne, et fit vœu de le
défendre, avec les armes qu'il tenait, contre tous les ennemis de son souverain [1]. »

des souffrances auxquelles furent voués presque tous les hommes qui
jouèrent un grand rôle dans la découverte de l'Amérique. Ce nouveau
monde a été vraiment enfanté dans la douleur de ceux qui le donnèrent
à la civilisation européenne. » (Michel Chevalier, *l'Isthme de Panama,*
1844, pages 14 et 15.)

[1] Robertson, *Histoire d'Amérique,* livre III, tome I, de la traduction
de Suard, p. 264.

CHAPITRE II

LE SECRET DU DÉTROIT

La découverte d'une mer à l'ouest du nouveau continent, pressentie par Colomb, accomplie par Balboa dans
les circonstances que l'on vient de rapporter, est un des
événements les plus considérables du commencement
du xvɪᵉ siècle. Désormais une perspective de fortune et
de gloire s'ouvrait pour les Espagnols. Tandis que les
Portugais, leurs rivaux, étaient déjà depuis treize ans
en possession de la route qui, par le cap de Bonne-
Espérance, conduisait aux Indes, les Espagnols voyaient
s'ouvrir devant eux vers l'ouest un chemin plus direct
à la terre des épices. Quelle bonne fortune pour eux
d'atteindre plus vite que leurs concurrents aux Moluques, à ces îles qui venaient à peine d'être découvertes
et qu'on regardait déjà comme une source inépuisable de
richesse pour la nation qui les posséderait !

Seulement une difficulté se présentait. Ce n'était pas
tout d'avoir découvert la *mer du Sud,* il fallait trouver

le moyen d'y parvenir sans qu'un vaisseau fût forcé de
rompre charge, sans être exposé à des transbordements
longs et coûteux. Or l'on sait qu'entre le golfe du
Mexique et la mer des Antilles d'une part et l'Océan Pacifique de l'autre s'étend, sans discontinuité, une bande
de terre de largeur fort inégale, et qui n'a guère moins de
six cents lieues de longueur. Trait d'union entre les deux
Amériques, l'isthme de Panama, pour donner à cette
bande de terre son titre le plus général, bien qu'il ne
convienne qu'à la partie la plus resserrée de l'isthme,
celui-ci était alors et reste encore aujourd'hui une barrière pour les navires qui viennent d'Europe, soit pour
gagner les ports de la côte ouest de l'Amérique du
Sud, soit pour aller chercher les îles lointaines de
l'Océanie.

En présence de cet obstacle, que devenait la découverte de Balboa? Sans doute il devait exister une communication entre les deux océans? mais où la chercher?
On avait d'abord supposé, supposition toute gratuite, que
le nouveau continent était divisé et comme fragmenté
par de nombreux bras de mer; mais quelques reconnais-
sances poussées le long de la côte est n'avaient pas tardé
à dissiper l'illusion. Toutefois on ne perdait pas courage; on ne perdait pas l'espoir de découvrir un canal
naturel par où l'on pourrait passer d'une mer dans
l'autre. Il devait exister quelque part un mystérieux
détroit, trait d'union entre l'Atlantique et le Pacifique.
Bientôt le *secret du détroit*, comme on disait alors, devint
l'objectif, l'unique pensée des navigateurs et des savants.
Le détroit, on le chercha à la fois au nord et au midi du
nouveau continent : au nord, où, de nos jours, vient-il à

peine d'être découvert; au sud, où un homme de génie
en a, il y a plus de trois siècles, révélé l'existence.

Mais déjà avant Magellan, avant Balboa lui-même, la
recherche du détroit avait été tentée par de hardis aventuriers, le long de la côte orientale de l'Amérique du
Sud. Depuis que Colomb, dans son troisième et surtout
dans son quatrième voyage, avait constaté l'existence
d'une terre ferme et continue là où il avait supposé des
îles, quelques-uns de ses compagnons ou de ses disciples avaient poussé au delà des bouches de l'Orénoque
leurs investigations. L'année même où le Portugais Alvarez Cabral avait été jeté, par une tempête ou par des
courants, sur les côtes du Brésil, le Florentin Améric
Vespuce, avec Juan de la Cosa et Alonzo de Ojeda, avait
reconnu la côte depuis le golfe de Darien jusqu'au troisième degré au nord de l'équateur, c'est-à-dire sur un
espace de trois cent cinquante kilomètres. La même année, c'est-à-dire en 1500, l'un des plus illustres compagnons de Colomb, l'Espagnol Vicente Yanes Pinzon,
voyageant pour son propre compte, en compagnie d'Améric Vespuce, déjà nommé, avait pris possession du cap
Saint-Augustin et avait découvert l'embouchure du fleuve
des Amazones. C'était la première fois que les Espagnols pénétraient dans cet hémisphère austral, où du
côté de l'Afrique les Portugais avaient depuis longtemps étendu leur domaine. De 1505 à 1507, nouvelle
tentative de la part des Espagnols. Cette fois on devait
serrer de près la côte du Brésil, afin de découvrir le
mystérieux détroit, rêve de tous les navigateurs. L'expédition, un peu retardée par différentes causes, ne put
mettre à la voile que le 29 juin 1508, dans le port de

San-Lucar, d'où Magellan partira dix ans après pour
son grand voyage. Elle reconnut la côte de l'Amérique
depuis le cap Saint-Augustin jusqu'au Rio-Colorado,
c'est-à-dire sur une longueur de cinq cent cinquante-cinq
kilomètres; mais elle passa devant l'embouchure du Rio-
de-la-Plata sans l'apercevoir. En 1515, deux ans après
que Balboa eut reconnu la mer du Sud, Juan Diaz de
Solis, autre navigateur espagnol, et qui avait accompagné Pinzon dans son expédition de 1508, reçut l'ordre
de se rendre vers le sud à la recherche du détroit, et de
remonter la côte ouest du continent américain jusqu'à la
Castille d'Or, et même jusqu'à la hauteur de Cuba. L'intrépide navigateur descendit, en effet le long des côtes
du Brésil, entra dans la Plata, à laquelle il donna son
nom (Rio-de-Solis), jeta l'ancre à l'îlot Martin Garcia, et
fut massacré par les indigènes avec huit personnes de sa
suite au moment où peut-être allait-il résoudre le fameux
problème. Toutefois cette expédition confirmait une idée
que les précédentes avaient fait concevoir, c'est que la
côte ferme de l'Amérique du Sud s'étendait sans solu-
tion de continuité, au moins de l'isthme de Darien jusqu'au Rio-Colorado. Les choses en étaient là, lorsque
parut Magellan. Mais, avant de commencer la vie de ce
grand homme, qu'il nous soit permis de faire une réflexion sur les tentatives précédentes, et même, par anti-
cipation, sur celle du grand navigateur portugais.

Le détroit que recherchaient avec tant d'ardeur les
hardis précurseurs de Magellan existe, en effet, au sud
du continent américain. Mais c'était là une hypothèse. Si
l'analogie n'était pas trop souvent un guide trompeur,
ce n'était pas un détroit, mais un cap qu'il fallait chercher

au bout de l'Amérique. C'était un cap que les Portugais,
à la fin de leurs lentes pérégrinations le long de la côte
d'Afrique, avaient rencontré à l'extrémité du continent
africain. Comment Magellan fut-il conduit à supposer un
détroit là où vraisemblablement devait exister un cap?
C'est qu'il avait vu un globe, ou une carte d'un certain
Martin de Behaim ou de Bohemia, savant cosmographe,
contemporain et peut-être ami de Christophe Colomb.
Sur ce globe, ou sur cette carte, il avait vu figurer le
fameux détroit; il ne disait pas précisément en quel endroit, car il voulait en garder pour lui la notion exacte,
de peur qu'un rival ne s'emparât du secret et ne lui ravît
la gloire de la découverte qu'il méditait. L'ignorance où
il était alors et où il resta toujours, même après sa
grande découverte, touchant la conformation du continent américain, persista longtemps après sa mort. En
effet, sur la plupart des mappemondes du xvie siècle,
on voit le continent américain se rattacher au delà du
détroit, à un vaste continent austral lequel ne forme
qu'un avec l'Australie. Magellan était tellement persuadé
de la continuité du continent américain, qu'il déclara
un jour, devant Charles-Quint lui-même, que s'il ne
trouvait pas le détroit il irait rejoindre les Moluques par
la route que suivaient les Portugais, c'est-à-dire par le
cap de Bonne-Espérance. Certainement Martin de Behaim n'avait pas de notions mieux définies touchant la
conformation de la presqu'île méridionale du nouveau
monde, et, en imaginant quelque part une libre communication entre les deux océans, il a été guidé par une de
ces suppositions hardies qui sont le point de départ des
plus grandes découvertes.

Fait remarquable! c'est une carte mal faite qui conduisit Christophe Colomb à la découverte du nouveau
monde, et c'est d'après une carte mal faite que Magellan se guida pour accomplir celle du détroit qui porte
son nom. La gloire de ces deux grands hommes n'en est
pas diminuée, car elle repose sur un fondement inébran-
lable; ce fondement, c'est la foi en leur œuvre, c'est
leur patience et leur abnégation, leur constance à souffrir, sans se laisser décourager de la part de la nature ni
de la part des hommes, les traverses et les obstacles les
plus pénibles, les écueils les plus dangereux, et à subir,
au bout d'une carrière si glorieuse et si tourmentée, l'un
une mort triste et résignée, l'autre une mort violente,
sur une terre lointaine, de la main des sauvages.

CHAPITRE III

MAGELLAN

Fernand de Magellan [1] naquit à Porto, la première ville du Portugal après Lisbonne, vers la fin du XVIe siècle [2]. Grâce à sa famille, qui appartenait à la noblesse, il put être élevé dans la maison de la reine doña Léonor, femme de Jean II, et, après la mort de ce prince, dans celle de son successeur Emmanuel le Fortuné. Le règne de ces deux princes n'embrasse pas une période moindre de quarante ans (1481-1521), et c'est précisément pendant cette période que s'accomplirent ces événements prodigieux, ces étonnantes découvertes, dont il suffit pour les rappeler de citer les noms de Colomb, de Diaz, de Gama, d'Albuquerque, de Solis, de Balboa, de Cortez, de Pizarre et enfin de Magellan.

[1] Les Portugais écrivent *Fernando de Magalhaens*, les Espagnols *Magallanes*.

[2] Suivant quelques auteurs, le lieu et la date de sa naissance seraient également inconnus : double ressemblance avec la destinée de Christophe Colomb.

C'est à cette époque, qu'on peut appeler l'âge d'or
des découvertes géographiques, que les Espagnols et
les Portugais, rivalisant de zèle et d'ardeur, se jetèrent
avec ivresse et enthousiasme dans les entreprises hé-
roïques qui amenèrent, vers la fin du xvᵉ siècle, les
deux plus grandes découvertes des temps modernes :
celle du cap de Bonne-Espérance et celle du nouveau
monde.

Magellan, venu après Colomb, après Gama, eut la
gloire d'associer son nom à ceux de ces deux grands
hommes. Tout jeune, il avait eu le bonheur de rencontrer à la cour de Jean II deux israélites, excellents cos-
mographes (comme on disait alors) qui paraissent avoir
exercé un grande influence sur la jeunesse portugaise,
en lui communiquant le goût des voyages et des découvertes maritimes.

Toutefois ce ne fut pas comme marin ou *conquistador* que Magellan débuta dans la vie active. Il servit
d'abord dans la guerre que les Portugais soutenaient en
Afrique pour défendre leurs possessions, leurs comp-
toirs et leurs colonies. Il passa ensuite en Asie au service du grand Alphonse d'Albuquerque et se distingua
dans plusieurs occasions dont il suffira, pour montrer
son caractère et les sentiments chevaleresques dont il
était animé, de citer la suivante.

« Un navire à bord duquel il servait en qualité
d'officier passait du port de Cochin en Portugal, de
conserve avec un autre bâtiment; les deux embarcations allèrent s'échouer sur les bas-fonds de Padna.
Les équipages purent heureusement se sauver dans les
chaloupes et gagner un îlot situé dans le voisinage.

On agita bientôt la question d'un sauvetage plus complet, et il s'agit, parmi ces hommes désolés, de savoir
comment on gagnerait le port le plus voisin. Les chefs
et les personnages importants qui passaient à bord des
bâtiments naufragés prétendaient s'éloigner sur-le-champ
du lieu du sinistre; les simples marins s'opposaient
énergiquement à leur départ. Magellan n'hésita point;
il promit de rester avec les équipages en détresse,
et il fit promettre aux chefs qu'aussitôt arrivés dans
un port ils expédieraient du secours; toutefois ces
pourparlers exigeaient qu'il se tînt dans une frêle
embarcation, à côté des chaloupes prêtes à mettre à la
voile. Les matelots se crurent un moment abandonnés
par celui-là même dans lequel ils avaient mis leur confiance. Une voix sortit de la foule, dit Barros, qui raconte ce fait : « Ah! seigneur Magellan, ne nous aviez-
« vous pas promis de rester avec nous? » Et le jeune
officier, sautant d'un seul bond sur la plage, se contenta
de dire : « Me voilà! » Quelques jours après, les matelots, maintenus par la discipline, gagnaient un port
voisin et pouvaient rapatrier Lisbonne. »

Tout le caractère de Magellan se révèle dans cette
anecdote. Ce haut sentiment du devoir, rehaussé d'une
pointe chevaleresque ne l'abandonnera jamais. Tel nous
le retrouverons vers la fin de sa vie, quand il succombe
victime de sa fidélité à la parole donnée. En même temps
on démêle que ce jeune homme, qui exerce sur les soldats une grande autorité, sera ce chef impitoyable qui
ne craindra pas de recourir à des mesures violentes
pour assurer l'obéissance sur sa flotte.

Magellan ne tarda pas à rejoindre ses compagnons en

Portugal; mais, avant de quitter les Indes, il fut désigné
par Albuquerque pour aller reconnaître, avec deux autres
Portugais, la situation des Moluques, dont la cour de Lisbonne espérait tirer de grands avantages. La mission
dont il était revêtu paraît avoir exercé une grande influence sur les destinées de Magellan. On croit qu'il avait,
dès cette époque, formé le dessein de se fixer dans ces
régions, si ses services ne trouvaient pas à Lisbonne
la récompense qu'il en attendait. On a été plus loin; on
a prétendu qu'en étudiant la situation géographique des
Moluques, par rapport à la fameuse ligne de démarcation imaginée par le pape Alexandre VI [1] pour séparer
sur le globe les possessions des Espagnols de celles des
Portugais, il se confirma dans l'idée que ces îles échap-
paient aux Portugais, et qu'elles tombaient dans la part
affectée aux Espagnols.

Quoi qu'il en soit de ces diverses suppositions, nous
retrouvons Magellan à Lisbonne, en 1512, après une
courte campagne qu'il fit en Afrique et dans laquelle il
fut blessé. Il reçut comme prix de ses services le titre de
page ou de gentilhomme, avec un traitement de mille

---

1 On sait que, pour mettre fin aux dissensions des deux peuples, le pape
Alexandre VI avait, en 1493, tiré un méridien qui passait par la grande
Canarie, et décidé que toutes les terres qu'on découvrirait à l'ouest appar-
tiendraient aux Espagnols, que toutes celles qu'on rencontrerait à l'est
seraient la propriété des Portugais. Ce mode de démarcation, parfaitement
exact dans l'Atlantique, ne pouvait s'appliquer de l'autre côté du globe,
parce qu'il n'existait point alors de géographe capable d'y déterminer avec
précision les degrés de longitude. D'ailleurs, un traité conclu plus tard
entre les deux États rivaux avait déplacé le méridien d'Alexandre VI et
fixé la ligne de démarcation à trois cent soixante-dix lieues à l'ouest des
îles du Cap-Vert.

reis par mois et une mesure d'orge par jour. Ce détail,
qui peut paraître insignifiant, n'en a pas moins une
grande importance dans la suite, Magellan ayant eu
plus d'une fois à réclamer le payement de cette gratifi-
cation : non pas qu'elle eût une grande importance en
elle-même, mais parce qu'elle n'était accordée qu'à des
personnes de distinction et qui avaient rendu des services à l'État.

Il eut plus d'une fois à la réclamer avec instance;
on la lui contesta avec hauteur. On alla jusqu'à mettre
en suspicion la blessure qu'il avait reçue en Afrique
et dont il venait à peine d'être guéri. Le roi ne paraît
pas s'être beaucoup ému de ces réclamations. On connaît la fierté castillane; celle des Portugais n'est pas
moindre. Magellan, doublement outragé dans son honneur et dans sa dignité, prit un parti extrême. Puisque
son souverain lui refusait justice, il irait mettre son épée
au service d'un autre prince. Cet acte si grave, mais si
commun à cette époque, où nous voyons le connétable de
Bourbon en offrir un autre exemple, Magellan ne l'accomplit pas sans protester publiquement contre le déni
de justice dont il était victime. La preuve de son inno-
cence est dans le peu d'étonnement que causa parmi
les plus nobles Portugais son abjuration politique [1].

Chose curieuse! deux fois et à peu d'années d'intervalle, la cour de Lisbonne avait trouvé moyen de s'a-

_____

[1] Les griefs de Magellan contre la cour de Portugal remonteraient à son
séjour aux Indes. Il aurait réclamé d'Albuquerque une augmentation de
solde qui ne lui aurait pas été accordée. Sa réclamation, portée à la cour,
n'aurait pas été mieux accueillie. De là une rupture éclatante et ses conséquences.

liéner deux grands hommes qui allèrent mettre au service du roi d'Espagne, l'un son épée, l'autre son génie.
Colomb, indigné d'une basse supercherie du roi Jean II,
quitte brusquement un pays auquel ne le rattachait
aucun lien de nationalité, et se rend en Espagne, où l'ac-
cueille le roi Ferdinand. Magellan, victime d'un déni de
justice, peut-être d'une intrigue de cour, abdique son
titre de Portugais et se déclare sujet du roi Charles Ier
d'Espagne[1]. Quelles n'auraient pas été la gloire et la
puissance du Portugal si dans la liste des illustres
aventuriers de cette époque, de ces découvreurs de
nouveaux mondes, à côté des noms de Diaz, de Vasco
de Gama, d'Albuquerque, de Cortez et de Pizarre, il
avait pu inscrire ceux de Colomb et de Magellan! Mais
la Providence n'avait pas réservé une si haute faveur à
une seule nation, et elle semble avoir voulu partager
le monde entre les deux rivales : à l'une l'Afrique et
l'Asie, à l'autre les deux Amériques.

Magellan ne partit pas seul de Lisbonne; il était accompagné du licencié Ruy Faleiro[2], savant cosmographe et profond mathématicien, et de Christovam de
Haro, riche marchand qui avait également à se plaindre
de la cour de Lisbonne, et qui, en s'attachant à la fortune de Magellan, voulait accroître l'immense commerce
qu'il faisait avec les Indes.

Ils arrivèrent à Séville le 20 octobre 1517. Charles-
Quint, ou plutôt Charles Ier, roi d'Espagne, qui venait

---

1 Il s'agit de Charles-Quint, qui n'était encore que roi d'Espagne.
2 « Grand astrologue et grand cosmographe, Ruy Faleiro avait acquis
la réputation d'un sorcier. » (Langeron.)

de Flandre pour prendre possession du trône d'Espagne, et qui, jeune, ambitieux, glorieux d'un tel avènement, devait être accessible aux entreprises généreuses et har-dies, parut tout disposé à prêter son appui au projet de Magellan et de ses deux associés. Mais les affaires ou les plaisirs de cour sont bien faits pour distraire la pen-sée d'un jeune prince. Heureusement Magellan trouvait un protecteur zélé dans la personne de Juan de Aranda, facteur de la chambre de commerce de Séville, un des administrateurs les plus éclairés de cette cité commer-çante. En même temps, un grand changement se faisait dans son existence. Il épousait, en janvier 1518, la fille d'un riche Portugais, son parent établi à Séville[1]. Peut-être eût-il été plus politique de rechercher pour femme une Espagnole, afin de resserrer les liens qui l'unis-saient à sa nouvelle patrie. Il aurait peut-être évité par là une partie des tracasseries et même des dangers aux-quels il fut exposé depuis son arrivée en Espagne.

Ce fut à Valladolid, où résidait le jeune roi, que, dans une conférence célèbre, Magellan exposa ses idées au sujet des Moluques et du fameux détroit. Il déclara que, si on voulait le charger de l'entreprise, il suivrait la route de l'ouest jusqu'au cap Sainte-Marie et la rivière de Solis; que de là il longerait la côte en marchant vers le sud, où il était certain de trouver le détroit pour pénétrer dans l'autre mer. Et comme les savants semblaient douter du succès et qu'on lui de-

[1] Béatrix Barbosa, fille de Diego Barbosa, lieutenant de l'alcade du châ-teau de Séville. Le mariage eut lieu dans les premiers jours de 1518, et dix-huit mois après Magellan partait pour le grand voyage d'où il ne devait pas revenir.

mandait par où il comptait passer pour atteindre les
Moluques, dans le cas où le détroit du sud n'existerait
pas, il répondit sans hésiter : « Je prendrai alors le
chemin des Portugais[1], car il ne nous est pas défendu
de naviguer dans la direction de l'est, et il suffit de dé-
montrer que les Moluques se trouvent au delà du 180º degré de longitude, et par conséquent dans la partie du
monde réservée à l'Espagne. D'ailleurs, ajouta-t-il, cette
hypothèse fâcheuse doit être tout d'abord écartée. J'ai vu
de mes propres yeux le détroit que je cherche, marqué
sur des cartes marines construites par Martin de Bohemia,
natif de l'île de Fayal, et l'un des plus grands cosmo-
graphes de ce temps-ci. Il n'est donc permis à personne
de révoquer en doute l'existence du détroit qui conduit
à la vaste mer du Sud[2]. »

Le conseil de Castille délibéra longtemps sur cette
affaire. Le projet de Magellan l'avait séduit, son éloquence l'avait entraîné; aussi s'empressa-t-il de pousser
le roi à confier quelques navires à Magellan et à Faleiro,
pour que tous deux pussent partir sans délai et résoudre
enfin l'important problème du secret du détroit. Christovam de Haro offrit de faire les frais de l'expédition.
Le roi prit ces frais à sa charge, à la condition que
l'État aurait la plus grande part des bénéfices. Le con-
trat entre la couronne et Magellan fut signé le 22 mars
1518. On y remarque le caractère tout commercial de
l'entreprise. Le côté scientifique et maritime disparaît
devant le but à poursuivre. Il s'agit moins de résoudre

1 Par le cap de Bonne-Espérance.
2 Langeron, d'après Kerrera.

un des problèmes les plus ardus de la navigation et de la géographie que de procurer à la cour d'Espagne les avantages d'une heureuse spéculation.

Il fallait profiter des bonnes dispositions de la cour et hâter les préparatifs de l'expédition. Maintenant vont commencer les difficultés, les tracasseries de toute sorte. Comme Colomb, Magellan aura à lutter contre les intrigues de cour, la malveillance des uns, la jalousie des autres, les manœuvres de ceux qui se croient supplantés par un rival à qui les lettres de naturalisation ne suffisaient pas pour lui enlever la qualité d'étranger.

Le plus ardent persécuteur de Magellan paraît avoir été l'ambassadeur du Portugal, Alvaro da Costa. A chaque instant il lui suscitait des obstacles pour retarder les préparatifs du départ. On alla même plus loin, si l'on en croit un historien : on aurait songé à se débarrasser de lui par un assassinat[1]. Ce qu'il y a de certain, c'est qu'on voit Magellan et Ruy Faleiro partir précipitamment de Valladolid et se rendre à Séville, où, d'ailleurs, se préparait l'armement de la flotte destinée à le conduire à la recherche du détroit. Mais à Séville il eut à subir d'autres contrariétés. Ses ennemis parvinrent à soulever le peuple contre lui. Un jour qu'il avait fait tirer un de ses navires sur la plage, afin de le peindre,

---

[1] « Le bruit se répandit bien vite que l'ambassadeur portugais avait reçu la mission de tuer Magellan et Faleiro, afin de priver le royaume de Castille des services des deux navigateurs. L'affaire prit une telle consistance, que l'évêque de Burgos, qui les soutenait, ne permettait plus à ses protégés de paraître en public. Il les retenait, au contraire, cachés dans sa demeure et avait grand soin, lorsqu'ils rentraient chez eux à la chute du jour, de leur fournir une escorte. » (Langeron.)

le bruit se répandit qu'il venait le décorer des armes du Portugal. Les groupes se formaient autour de lui, irrités, menaçants. En vain fit-il observer à ses adversaires qu'il s'était contenté de placer, suivant l'usage, à la poupe du navire, les armes de sa famille au-dessous de l'étendard de Castille, ses déclarations n'apaisèrent pas la colère du peuple, qui allait se porter sur lui à des voies de fait, si un officier du roi ne l'eût retiré des mains de ces furieux. Au moment du départ, il eut à subir une nouvelle contrariété. L'ambassadeur de Portugal parvint à détacher de lui son associé Ruy Faleiro et à substituer à ce dernier comme inspecteur de la flotte Jean de Carthagène, qui devait susciter tant d'obstacles à Magellan pendant sa navigation.

Par une ordonnance royale rendue à Barcelone le 26 juillet 1519, Magellan fut seul revêtu du titre de capitaine général de la flotte prête à partir; et, bien que ce titre officiellement reconnu, lui assurât le commandement suprême sur les équipages de la flotte, matelots et soldats, ainsi que sur les pilotes et sur les capitaines, on verra ce titre et ce commandement méconnus par ceux-là mêmes qui auraient dû donner aux autres l'exemple de l'obéissance et du respect.

Enfin, le principal magistrat de Séville ayant remis solennellement, au nom du roi, l'étendard de Castille aux mains de Magellan, celui-ci prêta foi et hommage à son souverain, reçut, en qualité de capitaine général, le serment de fidélité des officiers et des capitaines de la flotte; puis, se rendant à bord de *la Trinidad*, qui portait ses armes et le pavillon de Castille, il donna le signal du départ.

« Ainsi partit celui qui, selon une heureuse expression, allait faire entrer dans le monde extérieur et visible cette même vérité que Colomb avait été chercher dans un autre ordre de choses et d'idées [1]. »

On ne voit pas Ruy Faleiro figurer dans l'expédition. Charles avait refusé de signer sa nomination, sous prétexte que la santé de ce cosmographe était fort débile, mais, en réalité, parce qu'il avait disputé au chef de l'expédition l'honneur de porter l'étendard royal. D'ailleurs, frappé, dit-on, d'aliénation mentale, il succomba quelques jours après le départ de Magellan.

1. Barchou de Penhoen.

CHAPITRE IV

LA FLOTTILLE. — PIGAFETTA

La flotte ou plutôt la flottille de Magellan, se composait de cinq navires : 1° *la Trinité*, sur laquelle il avait arboré son pavillon, et qui jaugeait cent vingt *toneles*[1]; 2° le *Saint-Antoine*, que commandait Jean de Carthagène, et qui jaugeait cent vingt toneles; 3° *la Conception*, capitaine Gaspard de Quesada, de quatre-vingt-dix toneles; 4° *la Victoire*, de quatre-vingt-cinq, capitaine Louis de Mendoza; 5° enfin le *Saint-Jacques*, qui ne jaugeait que soixante-quinze toneles, et dont Juan Serrano était à la fois le capitaine et le pilote.

L'équipage comptait deux cent trente-sept hommes, tant matelots que soldats. Il faut se rappeler que le voyage de Magellan était en même temps une entreprise commerciale et une expédition armée[2].

---

1 Il avait pour maître d'équipage Jean-Sébastien del Cano, le même qui, trois ans plus tard, devait achever le tour du monde et ramener *la Victoire* à San-Lucar.

2 Dans les rôles d'équipage qui nous ont été conservés, nous voyons un certain nombre de Français dont on ne sera peut-être pas fâché de lire les noms. C'étaient : Jean-Baptiste, de Montpellier; Petit-Jean, d'Angers; maître Jacques, de Lorraine; Roger, Dupret, Simon, de la Rochelle; Étienne Villon, de Troyes; Bernard Massouri, de Bayonne; Barthélemy

Il y avait enfin, sur la flottille de Magellan, un passager, un touriste, comme on dirait aujourd'hui. C'était un Italien nommé Pigafetta. De tout temps les Italiens ont montré une singulière aptitude pour la science nautique et pour les découvertes géographiques. Colomb, Vespuce et les deux Cabot étaient des Italiens; et de nos jours nous voyons les compatriotes de ces grands navigateurs du xvie siècle montrer une grande ardeur pour les études géographiques et les voyages de découvertes. Pigafetta était né à Vicence, où, grâce à la position aisée de sa famille, il avait pu recevoir une éducation libérale. Ayant entendu dire qu'une grande expédition se préparait en Espagne pour les mers du Sud, il se rendit à Barcelone, où se trouvait alors Charles-Quint, et sollicita de ce prince la faveur d'en faire partie. Il ne connaissait pas Magellan, mais il avait foi dans le succès de son entreprise. « La permission qu'il sollicitait lui ayant été accordée, il se rendit à Séville, et pendant trois mois il dut attendre dans cette ville le moment du départ. Pigafetta était, à l'égard de la science, un de ces volontaires zélés qui précédèrent les Banks et les Webb, hommes de bonne volonté qui accomplissent d'autant mieux leur tâche que personne ne la leur impose. S'il ne fut pas précisément l'ami du capitaine général, le *Lombard*, comme on l'appelait à bord, devint pour lui un compagnon de voyage brave, loyal, intelligent, possédant, avec quelques éléments de dessin, toutes les connaissances qu'un homme du monde, réputé instruit,

Prior, de Saint-Malo; Ripart, Bruzen, de Normandie; Pierre le Gascon, de Bordeaux; Laurent Caurat, Jean Breton, du Croisic. Un seul revit la France.

pouvait avoir alors. Il y a plus; en faisant la part de ses
tendances à l'exagération, un savant voyageur qui a pu
contrôler sur les lieux mêmes une partie de son récit,
M. Alcide d'Orbigny, rend pleinement justice à sa saga-
cité et à son esprit d'observation. Il connaissait trop
bien le goût de son siècle, et il avait trop l'habitude des
cours, pour garder dans ses récits une simplicité qui
n'eût été appréciée que par le petit nombre ; il voulut
avant tout captiver l'attention, intéresser ceux que l'on
n'avait pu enrichir, et une certaine exagération de détails lui parut, comme à tous les voyageurs contemporains, chose excusable; il y aurait naïveté trop grande
à rejeter toujours le merveilleux de ses narrations sur
une crédulité ignorante.

Le journal de Pigafetta nous a été conservé. Il a
même été publié du vivant de l'auteur ; mais nous n'en
avons que l'extrait ou le résumé, dû aux soins d'un autre
Italien, nommé Amoretti, qui a pris soin de le traduire
lui-même avec une rare exactitude, il est vrai, d'abord
en italien, ensuite en français, mais dans un détestable
français. On a dû faire subir à son texte de nombreuses
modifications pour le mettre en rapport avec les connaissances historiques et ethnographiques puisées aux
meilleures sources[1].

On jugera, par le début du journal de Pigafetta, de
l'intérêt de sa narration et de l'agrément de son style.

[1] M. Ferdinand Denis s'est chargé de la tâche, à la grande satisfaction des
gens de goût. Voir la biographie de *Magellan* dans la *Biographie* Didot-
Hœfer. Voir surtout les *Voyageurs anciens et modernes* de M. Édouard
Charton, ouvrage consciencieux, rempli de recherches intéressantes et
curieuses. Le texte de Pigafetta a été l'objet de notes précieuses. Nous ne
parlons pas des gravures, qui ajoutent tant d'intérêt au texte.

« Le capitaine général Ferdinand Magellan avait
résolu d'entreprendre un long voyage sur l'Océan, où
les vents soufflent avec fureur et où les tempêtes sont
très fréquentes. Il avait résolu aussi de s'ouvrir un
chemin qu'aucun navigateur n'avait connu jusqu'alors;
mais il se garda bien de faire connaître ce hardi projet,
dans la crainte qu'on ne cherchât à l'en dissuader par l'aspect des dangers qu'il aurait à courir, et qu'on ne tentât
de décourager son équipage. Aux périls attachés naturellement à cette entreprise, se joignait un désavantage
de plus pour lui : c'est que les capitaines des quatre autres
vaisseaux, qu'il devait avoir sous son commandement,
étaient Espagnols, et que lui, Magellan, était Portugais. »

C'est le 10 août de l'année 1519 [1] que la petite escadre
de Magellan quitta Séville pour descendre le Guadalquivir jusqu'à San-Lucar, port situé à l'embouchure de
ce fleuve. Magellan était resté à Séville pour veiller aux
derniers préparatifs du départ. Quelques jours après, il
rejoignit sa flotte à San-Lucar, fit l'inspection des navires et des équipages, pour s'assurer que tout était bien
en ordre, que l'armement et l'approvisionnement de
toutes choses étaient complets; puis il fit descendre les
hommes à terre pour entendre la messe et communier,
et prit enfin les dernières dispositions afin d'être prêt à
mettre à la voile le lendemain.

---

1 Que d'événements dans cette année 1519! la mort de Maximilien,
empereur d'Allemagne; l'élection de son successeur, Charles-Quint; la
conquête du Mexique, par Fernand Cortez; la mort de Léonard de Vinci;
les commencements de la réforme de Luther, que favorise l'interrègne de
l'Empire, occupé par Frédéric le Sage. La rivalité de la France et de l'Au-
triche va ouvrir une ère de guerres désastreuses, auxquelles les guerres
religieuses vont mêler leurs excès et leurs fureurs.

CHAPITRE V

EN MER

« Le 20 septembre, nous partîmes de San-Lucar, courant vers le sud-ouest, et le 26 nous arrivâmes à une des îles Canaries, appelée Ténériffe. Nous arrêtâmes dans cet endroit pour faire de l'eau et du bois[1]; ensuite nous entrâmes dans un port de la même île qu'on appelle Monte-Rosso, où nous passâmes deux jours.

« Le lundi 3 octobre, nous fîmes voile directement vers le sud. Nous passâmes entre le cap Vert et les îles de ce nom. Après avoir couru plusieurs jours le long de la côte de Guinée, nous arrivâmes par les 8° de latitude nord, où il y a une montagne qui s'appelle Sierra-Leone. »

Magellan fut surpris dans ces parages par des calmes

---

1 « Du bois. » On n'avait pas d'autre combustible; l'usage de la houille était encore inconnu. Ce n'est qu'en 1520 que les premières houilles anglaises furent importées à Paris. Mais que de temps se passera avant que l'usage du nouveau combustible soit universellement employé!

qui durèrent une vingtaine de jours. C'est à ce moment
que ses rapports avec Jean de Carthagène, déjà fort ten-
dus depuis le départ, prirent un caractère d'aigreur qui
amena une rupture éclatante. Avec le titre d'inspecteur
de la flotte, les pouvoirs de Jean de Carthagène n'avaient
jamais été parfaitement définis[1]. Il contestait au capitaine général l'autorité pleine et entière que ce titre con-
férait à Magellan sur tout le personnel de la flotte. Un
jour que le *Saint-Antoine* était fort rapproché de la *Trinité*, Jean éleva la voix, en présence d'un simple matelot, et s'écria, probablement sur un ton ironique, en
s'adressant à Magellan : « Dieu vous sauve, seigneur
capitaine et maître, et bonne compagnie! » Magellan lui
ordonna de le traiter, à l'avenir, de capitaine général, qui
était son titre officiel. L'autre répondit fort arrogamment
qu'il l'avait salué en présence du meilleur matelot de
son navire, et qu'à l'avenir il ne le saluerait plus qu'en
présence d'un mousse.

Un autre jour, un délit ayant été commis à bord d'un
des bâtiments de la flotte, Magellan fit assembler le conseil, qui se composait des capitaines et des pilotes; une
vive discussion s'étant élevée sur la manière dont on
devait saluer les chefs, Magellan prit à partie Jean de
Carthagène, le saisit au collet, en s'écriant : « Vous êtes
prisonnier! » Jean protesta, s'emporta, prit à témoin ses
collègues, présents à cette scène regrettable. Ceux-ci ne

---

[1] « Jean de Carthagène, mieux gradé que les autres, avait reçu en outre,
au moment du départ, le brevet de gouverneur de la première forteresse
que l'on construirait dans les terres nouvelles : mesure imprudente, parce
qu'en lui donnant une supériorité marquée sur les autres capitaines, on en
faisait du même coup le rival du capitaine général. » (Rangeron.)

bougèrent pas et parurent même approuver Magellan, qui compléta sa victoire en le faisant attacher par les pieds au cep[1]. Plus tard il lui rendit la liberté, en le plaçant toutefois sous la garde d'Antoine de Coca, comptable de la flotte.

Pigafetta, qui est muet sur tous ces incidents, n'omet pas la moindre circonstance qui lui paraisse digne d'être notée. Ces détails sont souvent accompagnés de ce merveilleux qui plaisait tant au lecteur du xvi° siècle, mais qui ne serait plus du goût des lecteurs de notre temps. Toutefois il voit bien les objets et les décrit d'un trait. Au Brésil, il remarque une espèce de fruit qui ressemble au *cône du pin*. Tout le monde reconnaît ici l'ananas. Ailleurs il mentionne un *roseau fort doux*. C'est évidemment de la canne à sucre qu'il veut parler. En un autre endroit encore il nomme la patate. « C'est le nom, dit-il, qu'on donne à des racines qui ont à peu près la forme de nos navets, et dont le goût approche de celui des châtaignes. »

La flottille de Magellan entra le 13 décembre dans la rade de Rio-de-Janeiro, qu'il appela *Sainte-Lucie,* parce qu'il y était arrivé le jour dédié à cette sainte. Longtemps le port et la rade gardèrent ce nom avant de prendre celui qui a prévalu. La ville de Rio était d'ailleurs fort peu de chose à cette époque, à supposer même qu'elle existât.

Quoi qu'il en soit, Magellan resta treize jours dans le port Sainte-Lucie. De là il s'avança prudemment vers le sud, le long de la côte, jusque près du 35° degré de

---

[1] C'est-à-dire à la chaîne.

latitude, là où, dit Pigafetta, on trouve une « grande
rivière d'eau douce ». « On avait cru autrefois; ajoute-
t-il, que cette eau n'était pas une rivière, mais un canal
par lequel on passait dans la mer du Sud; mais on
s'assura bientôt que ce n'était qu'un fleuve qui a dix-
sept lieues de large à son embouchure[1]. C'est ici que
Jean de Solis, qui allait à la découverte de nouvelles
terres, comme nous, fut mangé par les cannibales, aux-
quels il s'était trop fié, avec soixante hommes de son
équipage[2]. »

Cependant la mauvaise saison, qui est l'été chez nous,
força Magellan à passer quelque temps dans un bon
mouillage de la côte, par 49° 30' de latitude. C'est là que
pour la première fois on vit des Patagons. Pigafetta est
le premier qui donna créance à la taille prétendue démesurée de ces indigènes, auxquels il attribue, par suite
de sa tendance à tout exagérer, les mœurs et les habitudes des anthropophages. Nous aurons plus loin à ramener à de plus justes proportions les allégations du
reporter italien.

1 Le Rio-de-la-Plata.
2 Nous avons vu plus haut que Solis fut tué par les Indiens. Pigafetta,
qui voit partout des cannibales, suppose qu'il a été mangé par eux.

CHAPITRE VI

LA BAIE DE SAINT-JULIEN

La baie dans laquelle était entré Magellan est la baie de *Saint-Julien*. Là se passèrent des événements d'un caractère profondément regrettable, que Pigafetta ne peut s'empêcher de mentionner, mais sur lesquels il glisse, comme s'il avait peur d'en trop dire. Voici son récit :

« A peine eûmes-nous mouillé dans ce port que les capitaines des quatre autres vaisseaux firent un complot pour tuer le capitaine général. Ces traîtres étaient Jean de Carthagène, *vehador*[1] de l'escadre; Louis de Mendoza, *trésorier;* Antoine de Coca, *contador*[2]*;* et Gaspard de Quesada. Le complot fut découvert; on écartela le premier, le second fut poignardé. On pardonna à Gaspard de Quesada, qui quelques jours après médita une nouvelle trahison. Alors le capitaine général, qui

[1] Ou *veador*, du mot espagnol *veer*, voir ou inspecter. Telle était à peu près la fonction de Jean de Carthagène.

[2] De *contar*, compter. Il était le *comptable* de la flotte.

n'osait pas lui ôter la vie parce qu'il avait été créé
capitaine par l'empereur lui-même, le chassa de l'escadre et l'abandonna sur la terre des Patagons, avec un
prêtre, son complice. »

Tel est, dans sa brièveté un peu sèche, le récit de
Pigafetta. Heureusement nous avons une version plus
détaillée de ce qui s'est passé dans la baie de Saint-Julien,
dans l'extrait du voyage de Sébastien del Cano, un des
compagnons de Magellan et celui qui ramena en Espagne
la Victoire, le dernier survivant des navires de la flotte.
En comparant le récit de Cano avec celui de Pigafetta,
on trouvera de profondes différences dans les noms
propres et même dans quelques faits essentiels. L'un
et l'autre pourtant ont dû être bien informés. D'où pro-
viennent ces divergences? Quoi qu'il en soit, voici la version de Cano.

Disons d'abord que Magellan avait fait quelques chan-
gements dans son état-major. Jean de Carthagène était
passé des mains d'Antoine de Coca sous la garde de
Louis de Mendoza, lorsque le capitaine général le fit
monter à bord de *la Conception,* où commandait Gaspard de Quesada.

Ceci établi, ajoutons qu'en ce moment le mécontentement contre Magellan était parvenu à son comble. On
lui reprochait son obstination à chercher un détroit qui
n'existait pas; on craignait surtout de voir les vivres faire
complètement défaut[1]. A ces deux griefs d'une valeur

---

[1] Le mécontentement, habilement exploité par les chefs, paraît avoir été
plus général qu'on ne croit. Le premier soin de Magellan, en mouillant
dans la baie de Saint-Julien, avait été de régler les rations; car, en chef
prévoyant, il comprenait la nécessité de ménager ses ressources. Mais les

sérieuse s'ajoutaient les récriminations contre les excès
de pouvoir ou ce qu'on regardait comme tel, contre les
actes d'autorité et les mesures sévères que Magellan avait
prises contre quelques-uns, contre Jean de Carthagène
en particulier. Ce dernier, avec Gaspard de Quesada,
avait été à la tête d'un complot pour dépouiller le commandant en chef de son autorité, peut-être pour se débarrasser de lui, s'il faisait résistance. Magellan prévit
l'orage et n'attendit pas qu'il éclatât. Il savait que,
dans ces sortes d'affaires, la victoire est à celui qui ne
se laisse pas prévenir.

On était arrivé au dimanche des Rameaux (1ᵉʳ avril
1520). Ce jour-là, suivant l'usage, il invita tous les capitaines de sa flotte, avec les officiers et les pilotes, pour
venir entendre la messe et dîner ensuite avec lui. Tous
les capitaines des navires, autres que *la Trinité*, décli-
nèrent l'invitation, à l'exception d'Alvarez de Mesquita,
parent de Magellan et qui lui était doublement attaché
par les liens du sang et de l'obéissance. Ce refus était
une déclaration de guerre. Mais, avant d'agir contre
Magellan, il fallait se débarrasser de Mesquita. Dans la
nuit qui suivit ce dimanche des Rameaux, Gaspard de
Quesada et Jean de Carthagène se rendirent, avec trente
hommes armés, à bord du *Saint-Antoine*, que comman-

matelots, vaincus par tant de déceptions et de souffrances, commençaient
à se lasser de la durée du voyage. Ils s'adressèrent donc au capitaine général
pour protester contre la mesure qu'il avait prise. Ils lui représentèrent
qu'il n'y avait guère d'espérance de trouver le détroit qu'on cherchait; que
l'hiver s'annonçait devoir être rude; que déjà plusieurs d'entre eux étaient
morts de fatigue ou de misère; qu'il semblait donc plus sage de retourner
en Espagne. Magellan releva leur courage par des exhortations remplies
de la plus grande confiance dans le succès de son entreprise.

dait Mesquita. Le quartier-maître, ayant voulu défendre
son capitaine, fut frappé de quatre coups de poignard
par Quesada, qui s'écria : « Vous allez voir que ce fou
nous fera manquer notre affaire. » Mesquita, tombé au
pouvoir des conjurés, fut conduit à bord de *la Conception ;*
Quesada resta sur *le Saint-Antoine*. Après cette exécution, les conjurés envoyèrent à Magellan des députés
pour lui demander l'accomplissement des ordonnances
du roi, touchant les honneurs à rendre au capitaine général. Ces ordonnances s'opposaient, disaient-ils, à ce
qu'il les maltraitât. Ils étaient disposés, d'ailleurs, à le
traiter de seigneur et à lui baiser la main, ce qui, en
style de l'époque, équivalait à une entière soumission.
Magellan retint les députés à bord, et fit répondre aux
conjurés qu'ils vinssent le trouver et qu'on s'entendrait
mieux que par correspondance. Sur leur refus, il résolut
de frapper un grand coup. Il fit armer six hommes ré-
solus et dévoués, les mit dans l'esquif de *la Trinité,* sous
le commandement de l'alguazil Gonzalo-Gomez de Espinosa. Arrivé à bord de *la Conception,* l'officier de justice
présenta une lettre de Magellan au trésorier, Louis de
Mendoza, par laquelle on l'engageait à passer à bord
de la capitane[1]. Au moment où celui-ci, armé jusqu'aux
dents, souriait de l'air d'un homme qui veut dire : « On ne
me prendra pas dans le piège, » Espinosa lui donna un
coup de poignard dans la gorge, et un matelot, armé
d'un coutelas, l'acheva. Magellan n'avait pas perdu de
temps. Au moment même où il envoyait une embarcation
armée à *la Conception,* il en envoyait une autre, compo-

---

[1] La *capitane* ou la *capitainesse,* nom donné indifféremment à ce que
nous nommerions aujourd'hui le *vaisseau-amiral*.

sée de quinze hommes, pour s'emparer de *la Victoire*.
Ici, comme ailleurs, il ne trouva aucune résistance sérieuse. Cela se passait le 2 avril. Le lendemain, il prit
de telles mesures et déploya une telle habileté, qu'il se
rendit absolument maître des autres navires. On peut
remarquer que l'esprit de révolte, parti de l'état-major,
n'avait pas gagné les équipages. On pense que quarante
hommes au plus prirent part au complot. Magellan ne
les punit pas tous. Il se contenta de frapper les chefs,
sachant bien que par là il intimiderait tout l'équipage.
Mais, pour frapper les esprits de terreur, il voulut laisser
dans la baie de Saint-Julien un souvenir de la journée
du 2 avril. Le 4, il fit porter à terre le corps de Mendoza,
le fit couper par quartiers, qu'on exposa sur la plage,
bien en vue des navires, et, quelques jours après, il fit
trancher la tête à Quesada. Comme il n'y avait pas de
bourreau à bord de la flotte, ce fut un matelot, déjà condamné à mort pour un fait antérieur, qui, moyennant sa
grâce, consentit à faire en cette occasion l'office d'exé-
cuteur des hautes œuvres.

Quant à Jean de Carthagène, au moment du départ de
la flotte, il fut abandonné sur le rivage, en compagnie
d'un prêtre qui avait pris part au complot.

Tel est, réduit à sa plus simple expression, le drame
de la baie de Saint-Julien. Plus d'un demi-siècle après
les événements dont cette baie fut le théâtre, le navigateur anglais, Francis Drake, longeant la même côte,
mouilla dans la même baie et aperçut un gibet planté
en terre; « ce qui nous a fait croire, dit-il dans son
journal, que c'est dans ce lieu que Magellan a fait justice de quelques rebelles et mutins de sa compagnie. »

On voudrait effacer ces taches de sang de la vie de Magellan, et nous ne pouvons, à ce propos, nous empêcher de comparer sa conduite avec celle de Colomb, à la veille de voir, lui aussi, son autorité méconnue par une partie de ses équipages. Il n'opposa à leurs menaces que la patience la plus angélique et la conduite la plus habile. Il leur déclara que, si dans trois jours on ne découvrait pas la terre, ils feraient de lui ce qu'ils voudraient. Il est vrai qu'il n'avait sous ses ordres que trois navires montés par cent vingt hommes seulement, et que les commandants lui étaient dévoués.

Pour Magellan, la situation était bien différente. Il gouvernait une flotte et un personnel bien plus nombreux. Presque tous les chefs le haïssaient, comme Portugais; les matelots seuls continuaient à le regarder comme un homme supérieur et étaient disposés à lui obéir aveuglément. Enfin, il y avait plus d'un an qu'il avait quitté l'Espagne. Depuis le départ, sa flotte avait eu à supporter bien des traverses. Les calmes, les vents contraires, les tempêtes lui avaient fait perdre beaucoup de temps. Les vivres commençaient à s'épuiser, et le détroit ne paraissait pas. Il faut tenir compte de toutes ces circonstances pour expliquer, sinon pour justifier, la révolte de la baie de Saint-Julien. Mais on doit aussi envisager l'importance du but qu'il poursuivait, la grandeur de sa tâche, la nécessité, en présence des difficultés physiques de son entreprise, de fortifier le principe d'autorité et de maintenir l'unité du commandement, pour comprendre, sinon pour excuser les mesures de rigueur qu'il prit à l'égard des chefs du complot. Admettons qu'il eût succombé dans la lutte, que devenait son entreprise?

4

Qui eût persisté dans la recherche du détroit? Celui-là
seul pouvait achever son œuvre qui y avait foi pleine et
entière. Lui seul possédait le secret du détroit, ou croyait
le posséder. Lui mort, lequel de ses compagnons aurait
eu la même foi robuste, le même courage inflexible, vu
son autorité acceptée de tous, fait taire toutes les oppo-
sitions, réuni en un faisceau indissoluble tous les suf-
frages et tous les efforts, et enfin au prestige du commandement, qui ne s'improvise pas, joint le prestige de
la science, qui s'improvise bien moins encore?

CHAPITRE VII

Après avoir ainsi rétabli la discipline et ressaisi son autorité, Magellan ne voulut pas laisser son armée dans l'inaction. Il ordonna à Rodriguez Serrano, qui commandait *le Saint-Jacques,* d'explorer la côte et de chercher le détroit. Le navire mit donc à la voile et se dirigea vers le sud, à plus de vingt lieues de la rivière Saint-Julien. Il navigua pendant douze jours, durant lesquels les matelots se livrèrent à une pêche abondante et tuèrent quelques loups marins. Mais, n'ayant toujours point trouvé d'issue, le navire, après avoir atteint le 50e degré et reconnu la rivière de Santa-Cruz, se disposa à revenir auprès de Magellan. C'est alors qu'il fut assailli par une tempête si furieuse que soudain tous les mâts se rompirent. Pendant plusieurs heures, *le Saint-Jacques* fut le jouet des vents et des flots. Malgré les efforts de l'équipage, il était rapidement emporté vers la côte, et finalement il vint se briser contre un récif. Le coup fut si violent, que le navire fit eau de toutes parts et sombra sur-le-champ. Les trente-sept hommes qui le montaient ne perdirent pourtant pas leur sang-froid. Ils sortirent tous du *Saint-Jacques* avant qu'il eût disparu sous les vagues, et se réfugièrent sur le rocher qui avait occasionné le désastre. Là ils passèrent huit jours, exposés au froid et à la pluie, en proie à toutes les angoisses du désespoir, sans autre nourriture que des bourgeons d'arbrisseaux. A la fin, il fallut bien songer à rallier la flotte, puisque aucun navire ne venait à leur secours. Ils fabriquèrent donc une sorte de canot avec des ais pourris, débris informes de quelque navire naufragé. Deux hommes se hasardèrent sur cette frêle embarcation et purent franchir le bras de mer qui les séparait de la côte. Mais telle était la faiblesse de leurs membres qu'ils ne faisaient que deux lieues en vingt-quatre heures, et ce fut seulement le onzième jour qu'ils parvinrent, à travers les neiges et après mille péripéties, au camp de Saint-Julien, pâles, décharnés, se soutenant à peine et tellement défigurés que nul de leurs compagnons ne pouvait les reconnaître. Magellan se montra grandement affligé de la perte de son navire, mais en même temps il fut heureux d'apprendre qu'aucun des marins du *Saint-Jacques* n'avait succombé.

« Il s'empressa de leur envoyer des hommes avec quelques sacs de biscuit. L'équipage du *Saint-Jacques* s'arrêta pendant deux mois dans l'endroit du naufrage pour recueillir les débris du vaisseau et les marchandises que le reflux abandonnait sur le rivage; et pendant ce temps on leur apportait de quoi subsister, quoique la distance fût de cent milles, et le chemin très incommode et fatigant, au milieu des épines et des broussailles, parmi lesquelles on était obligé de passer la nuit. Quant à nous, nous n'étions pas si mal dans ce port (la baie de Saint-Michel), quoique certains coquillages fort longs, qu'on y trouvait en grande abondance, ne fussent pas mangeables; quelques-uns contiennent des perles, mais fort petites. Nous trouvâmes aussi dans les environs des autruches, des renards, des lapins, beaucoup plus petits que les nôtres, et des moineaux. Les arbres y donnent l'encens [1]. »

Enfin Magellan fit lever l'ancre et sa flotte, s'avança toujours vers le sud jusqu'au 50° 40' de latitude. Là il rencontra une autre baie et l'embouchure d'une rivière qu'il appela *Santa-Cruz,* parce que c'était le 14 septembre qu'il l'avait reconnue. Il passa là encore deux mois, afin, dit Pigafetta, d'approvisionner les vaisseaux d'eau et de bois.

A la fin d'octobre, la flotte continuant sa route parvint le 21 de ce mois au 52° degré de latitude, où elle reconnut un cap auquel Magellan donna le nom des *Onze mille Vierges* [2], parce qu'il l'avait découvert le jour de la Sainte-Ursule. Arrivé à ce point du continent, Magellan interrogea du regard la baie qui apparaissait subitement à sa droite. Il fit jeter la sonde et ne trouva pas le fond. Alors il eut comme un pressentiment que c'était là le détroit qu'il cherchait. Pour s'en assurer, il ordonna à *la Conception* et à *la Victoire* de suivre, chacune de leur côté, les deux rivages de ce qu'il ne croyait être qu'une baie. Au bout de cinq jours, si les deux navires ne s'étaient pas rencontrés, ils devaient revenir, sans plus tarder, rendre compte de leur campagne au capitaine général. Ils reparurent au jour prescrit, déclarant qu'ils n'avaient pas

[1] Pigafetta.
[2] Ou plus simplement le *cap des Vierges.* Il fut découvert par Magellan le jour de la Sainte-Ursule, 21 octobre.

trouvé d'issue [1]. Toutefois ils déclarèrent avoir trouvé, dans la prétendue baie, les courants beaucoup plus forts que le reflux, que souvent ils avaient sondé sans jamais avoir trouvé le fond, et les pilotes, réunissant toutes ces circonstances, en tiraient cette conséquence qu'on était à l'entrée d'un canal conduisant à quelque océan inconnu.

Magellan écouta silencieusement les rapports des deux capitaines, et décida qu'il fallait renouveler la tentative et recommencer l'exploration de la baie. Cette fois, ce fut le *Saint-Antoine* qu'il envoya à la découverte. Ce navire parcourut paraît-il, une cinquantaine de lieues, mais sans parvenir à trouver le point où se rejoignaient les deux côtés de la baie. Il revint déclarant que celle-ci avait une issue, et que c'était bien là le fameux détroit de Martin de Behaim.

Magellan réunit alors un conseil, composé des capitaines et des pilotes des quatre navires. On discuta la question de savoir si l'on s'engagerait plus avant dans cette route nouvelle qui sans doute conduisait aux Moluques, ou si, abandonnant le projet, l'on retournerait en Espagne. Tous ceux qui étaient présents au conseil déclarèrent hautement qu'il fallait aller jusqu'au bout et exécuter les ordres du roi; qu'on serait perdu d'honneur si l'on retournait en Espagne sans avoir fixé la position des Moluques sur le méridien. Un seul fut d'un avis contraire. C'était le pilote du *Saint-Antoine,* il s'appelait Étienne Gomez. « Ce pilote, dit Pigafetta, haïssait Magellan par la seule raison que, lorsque celui-ci vint faire à l'empereur la proposition d'aller aux îles Moluques par

---

[1] La baie avait une issue. C'est un goulet fort étroit qu'ils ne purent sans doute découvrir

l'ouest, Gomez avait demandé et était sur le point d'obtenir des caravelles pour une expédition dont il aurait
été le commandant. Cette expédition avait pour but de
faire de nouvelles découvertes; mais l'arrivée de Magellan fit qu'on lui refusa sa demande, et qu'il ne put obtenir qu'une place subalterne de pilote à bord d'un des
navires de la flotte; ce qui l'irritait néanmoins le plus,
c'était de se trouver sous les ordres d'un Portugais. Dans
le conseil tenu à bord de *la Trinité,* il prétendit que la
découverte du détroit étant le but principal de l'expédition, ce but atteint, la prudence commandait de reprendre sans retard la route de San-Lucar, afin d'y préparer une escadre mieux équipée et plus solide et de parer
aux dangers qui se présenteraient à la sortie du détroit,
lorsqu'on aurait à affronter une mer nouvelle. Magellan
répondit que des hommes de cœur ne devaient jamais
manquer à leur parole, quoi qu'il leur en coûtât;
qu'on s'était engagé à pousser jusqu'aux Moluques ou
à périr, qu'il y avait encore dans chaque navire des
vivres pour trois mois, et que, dût-on n'avoir pour toute
nourriture que des cuirs et des courroies, devenir la
proie des sauvages ou succomber dans une tempête, le
seul parti à prendre était encore de se placer sous la
garde de Dieu et de marcher en avant.

Les pilotes et les officiers ayant applaudi au langage
de leur chef, Magellan leur recommanda de garder le
secret sur les résolutions qu'il avait prises, parce que
quelques soldats ou marins paraissaient peu soucieux de
continuer le voyage et semblaient partager les idées du
pilote Gomez.

CHAPITRE VIII

LE CAP DÉSIRÉ

Le canal dans lequel Magellan allait s'engager s'ouvre par une baie (la baie *Possession*) très large, communiquant avec une deuxième baie, beaucoup moins spacieuse, par un goulet fort étroit que n'avaient pas su ou voulu voir les deux premiers navires envoyés en reconnaissance. De la seconde baie, dite de *Saint-Philippe*, on débouche par un second goulet dans un large canal, sorte de bras de mer que les Anglais désignent sous le nom de *Broad-Reach*, désignation suffisante pour rendre compte de sa largeur. Au travers de ce canal, île *Dawson*, se projette au nord une pointe (le cap *Valentin*) qui le partage en deux passes : la passe sud-est, qui, sous le nom de *détroit de l'Amirauté* (Admiralty Sound), s'engage fort avant dans la Terre-de-Feu; la passe sud-ouest, qui, contournant la presqu'île de Brunswick, continue le détroit de Magellan. Jusqu'au cap *Froward*, pointe extrême de cette presqu'île, le canal se dirige du nord-est au sud-ouest. A partir du cap Froward, il prend, presque en ligne droite, la direction contraire, du sud-est au nord-ouest, jusqu'au cap Pilar, où il débouche dans le grand océan Pacifique.

Le Saint-Antoine avait reconnu successivement les deux baies de la *Possession* et de *Saint-Philippe*, et probablement l'entrée du *Broad-Reach*. Mais, en présence du cap Valentin, embarrassé sans doute de la route à suivre, il était revenu en référer à Magellan. Celui-ci, comme on l'a vu, n'hésita pas à s'engager dans le canal; mais, lorsqu'au sortir du deuxième goulet il arriva à la hauteur du cap Valentin, où le canal semble bifurquer, il ordonna au *Saint-Antoine* et à *la Conception* de prendre la passe du sud-est pendant qu'il s'engagerait dans la passe sud-ouest, véritable continuation du détroit.

Le *Saint-Antoine* partit le premier, sans attendre *la Conception*. Le pilote Étienne Gomez avait son plan. Il voulait, à la faveur de la nuit, s'éloigner de ces parages et reprendre la route de l'Espagne. Seulement une difficulté se présentait. Le navire était commandé par Alvarès de Mesquita, le parent et l'ami de Magellan. Gomez, de concert avec quelques-uns de ses partisans, s'empara de la personne du commandant, le mit aux fers, et, libre de ses mouvements, vira de bord et mit le cap sur l'entrée du détroit. Une fois en mer, il fit voile pour l'Espagne, en ayant soin de recueillir en passant, sur la côte où ils avaient été abandonnés par l'ordre de Magellan, Jean de Carthagène et le prêtre qui avait pris part au complot de la baie Saint-Julien.

Voilà donc la flottille de Magellan réduite à trois navires : *la Trinité*, *la Conception* et *la Victoire*.

Au lever du jour, *la Conception*, ne voyant plus *le Saint-Antoine*, crut qu'il s'était égaré, et se mit à croiser dans le canal pour attendre son retour; mais ce fut en vain. Ici nous laissons parler le journal de Pigafetta :

« Nous étions entrés, avec les deux autres vaisseaux, dans l'autre canal qui nous restait au sud-ouest; et, poursuivant notre navigation, nous parvînmes à une rivière que nous appelâmes la *rivière des Sardines*, à cause de l'immense quantité de ce poisson que nous y vîmes[1]. Nous y mouillâmes pour attendre les deux autres vaisseaux, et y passâmes quatre jours; mais pendant ce temps on expédia une chaloupe bien équipée pour aller reconnaître le *cap*[2] de ce canal, qui devait aboutir à une autre mer. Les matelots de cette embarcation revinrent le troisième jour, et nous annoncèrent avoir vu le cap où finissait le détroit et une grande mer, c'est-à-dire l'Océan. Nous en pleurâmes de joie. Ce cap fut appelé le cap *Désiré* (el cabo Deseado), parce que nous désirions depuis longtemps le voir.

« Nous retournâmes en arrière pour rejoindre les deux autres vaisseaux de l'escadre et ne trouvâmes que *la Conception*. On demanda au pilote Jean Serrano ce que l'autre navire (*le Saint-Antoine*) était devenu. Il nous répondit qu'il le croyait perdu, parce qu'il ne l'avait plus revu au moment où il avait embouqué le canal. Le capitaine général donna ordre alors de le chercher partout, mais particulièrement dans le canal où il avait pénétré (le canal de l'Amirauté); il renvoya *la Victoire* jusqu'à l'embouchure du détroit, en ordonnant, s'il ne le trouvait pas, de planter dans un endroit bien apparent un étendard au pied duquel on devait placer, dans une marmite, une lettre indiquant la route qu'on allait tenir, afin qu'il pût rejoindre l'escadre. Cette manière de s'avertir,

---

[1] Aucun navigateur postérieur ne parle de sardines vues dans ces parages, ce qui n'est pas étonnant, ces poissons, dans leurs migrations, ne restant que fort peu de temps dans le même endroit.

[2] C'est-à-dire l'extrémité.

en cas de séparation, avait été arrêtée au moment de notre départ. On planta de la même manière deux autres signaux sur des lieux élevés, dans la première baie et sur une petite île de la troisième dans laquelle nous vîmes quantité de loups marins et d'oiseaux. Le capitaine général, avec *la Conception,* attendit le retour de *la Victoire* près de la *rivière des Sardines,* et fit placer une croix sur une petite île, au pied de deux montagnes couvertes de neige d'où la rivière tire son origine [1].

« En cas que nous n'eussions pas découvert ce détroit pour passer d'une mer à une autre, le capitaine général avait déterminé de continuer sa route jusque par le 75° de latitude méridional, où, pendant l'été, il n'y a pas de nuit, ou du moins très peu, comme il n'y a point de jour en hiver. Pendant que nous étions dans le détroit, nous n'avions que trois heures de nuit, et c'était au mois d'octobre.

« La terre de ce détroit, qui à gauche tourne au sud-est [2], est basse. Nous lui donnâmes le nom de *détroit des Patagons* [3]. A chaque demi-lieue, on y trouve un port sûr, de l'eau excellente, des bois de cèdre, des sardines [4] et une grande abondance de coquillages. Il y avait aussi des herbes dont quelques-unes étaient amères, mais

---

[1] On pense que cette rivière, aujourd'hui inconnue, descendait de la Terre-de-Feu.

[2] Il y a ici un peu d'obscurité dans le texte de Pigafetta. Peut-être faut-il lire *sud-ouest.* Voir plus loin la description que nous donnons du détroit.

[3] La dénomination de *détroit de Magellan* a prévalu, et avec raison.

[4] Il conclut trop du particulier au général, de l'accidentel au réel. De ce qu'il a vu une fois et par hasard des sardines, il suppose qu'il y en a toujours. Le côté naïf n'est pas absent de sa relation, très agréable d'ailleurs et véridique dans son ensemble.

d'autres bonnes à manger, surtout une espèce de céleri
doux qui croît autour des fontaines, dont nous nous
nourrîmes, faute de meilleurs aliments. Enfin, je crois
qu'il n'y a pas au monde de meilleur détroit que celui-ci. »

On peut s'étonner que Pigafetta soit à peu près muet
sur les beautés pittoresques du détroit. C'est que les
compagnons de Magellan, et Magellan avec eux, étaient
préoccupés d'autre chose que des paysages sévères ou
gracieux qui défilaient sous leurs yeux. Le détroit avait-
il une issue et où se trouvait-elle? voilà quelle était l'idée
fixe du capitaine et des marins. Certes, pendant plus
d'un mois que dura cette première traversée du détroit,
ils durent être témoins des splendides effets de lumière
dans ces passes capricieusement découpées. Les montagnes, couvertes de neige, les glaciers, les forêts, les
méandres du canal, les îles couvertes de verdure, tout
cela avait le même charme alors qu'aujourd'hui. Mais à
des esprits effarés la nature ne disait rien, et, si Pigafetta
admirait quelque chose, toute son admiration était con-
tenue dans ces mots : « Il n'y a pas au monde de meilleur détroit que celui-ci. » Cela pour lui disait tout et
résumait tout.

Pour nous, qui sommes moins préoccupés de chercher
une issue et d'arriver au *cap* du détroit, donnons-nous le
loisir d'en étudier la physionomie et les aspects multiples.
Bien des navigateurs ont traversé ce canal. C'est sur les
pas des plus illustres d'entre eux que nous allons nous y
engager, dans le dessein et avec l'espoir de faire connaître
à nos lecteurs « une des plus intéressantes contrées de
l'univers [1]. »

1 M. de Rochas, *Journal d'un voyage au détroit de Magellan.*

DEUXIÈME PARTIE

L'AMÉRIQUE AUSTRALE ET SES HABITANTS

CHAPITRE I

ASPECT GÉNÉRAL DE L'AMÉRIQUE AUSTRALE

Sous le nom d'Amérique australe nous comprenons la Patagonie, le détroit de Magellan, les canaux latéraux, la Terre-de-Feu, avec ses dépendances, enfin le groupe des îles Falkland.

Nous passerons successivement en revue chacune de ces parties, en commençant par le détroit de Magellan; mais auparavant nous demanderons au lecteur la permission de faire une observation qui a trait à la géographie physique de la région tout entière.

Si l'on examine, en effet, et de près, une carte détaillée du détroit de Magellan, avec les îles et la côte ferme qui le bornent, rien de plus confus, de plus désordonné

en apparence. Les îles et la côte sont découpées elles-
mêmes par de tortueux canaux qui s'engagent dans les
terres et dans les presqu'îles. Il est difficile, en un mot,
de se reconnaître au milieu de cet enchevêtrement de
canaux sinueux et de presqu'îles découpées.

Mais si, devant une mappemonde ou devant une carte
générale de l'Amérique du Sud, on jette un regard d'ensemble sur la même région australe, on est frappé du
plan régulier et en quelque sorte logique de toutes ses
parties. Rien ne paraît mieux ordonné, mieux enchaîné
que l'arrangement de ces îles, que leur disposition par
rapport au continent.

Si, en effet, à partir du point où la côte du Chili fait
un brusque rentrant, comme pour permettre à l'île de
Chiloé et aux suivantes de s'aligner parallèlement à la
côte ouest de l'Amérique, l'on tire une ligne parallèle au
rivage, et si on prolonge cette ligne jusqu'au cap Diego,
qui forme la pointe extrême de la Terre-de-Feu, en face
de l'île des États, on enfermera assez exactement toutes
les îles de l'Amérique australe dans une courbe parfaitement déterminée et dessinant à l'extrémité du continent
une sorte de corne fortement infléchie au sud-est. La
côté opposée, celle de l'est, par une inflexion semblable,
contribue à donner à la pointe de l'Amérique cette
forme particulière qui la fait ressembler à un oiseau
de proie.

Et du rapprochement que l'on fait nécessairement
entre l'apparent désordre et la réelle et régulière ordonnance du plan général, on arrive à cette conclusion
que ces îles, si rapprochées du continent, sont des fragments de ce continent déchiré, bouleversé par des révo-

lutions terrestres dont l'origine se perd dans la nuit des temps. La Cordillère des Andes, qui se poursuit à travers ces îles et jusque dans la Terre-de-Feu, est un témoignage en quelque sorte vivant d'un ancien cataclysme, que démontre bien mieux encore la présence de roches confusément entassées les unes sur les autres, soit au cap Pilar (ou cap des *Piliers*), soit au cap Tamar, soit ailleurs[1].

C'est à travers ce dédale d'îles, de presqu'îles et de canaux que le détroit de Magellan s'ouvre une route sinueuse, suivie depuis plus de trois siècles par les navires des deux mondes pour passer d'un océan dans l'autre. Situé à l'extrémité du continent américain, il forme le point de jonction des deux hémisphères. Trait d'union entre les deux océans, il est une pièce essentielle et comme la principale articulation de la navigation du globe.

Le détroit de Magellan a son entrée sur l'océan Atlantique au cap des Vierges. D'abord sa direction est de l'est à l'ouest, à travers les larges baies de Possession et de Gregory. Mais au sortir du deuxième goulet, et lorsqu'il s'évase en un large canal, le *Broad Reach* des Anglais, il rencontre la longue et épaisse presqu'île de Brunswick, qui lui barre le passage et le force à incliner brusquement au sud jusqu'au cap Froward, limite méri-

---

[1] Le cap Tamar est un affreux enchevêtrement de blocs entassés les uns sur les autres dans les positions les plus bizarres; tout dans ces masses granitiques atteste un ancien bouleversement : les roches sont brisées, fissurées, renversées, enchevêtrées de la façon la plus bizarre. » (De Rochas, *Journal d'un voyage au détroit de Magellan.* — *Tour du monde,* année 1861.) •

dionale de cette presqu'île et en même temps point extrême de tout le continent américain. Ce redoutable cap
Froward, qui partage le détroit en deux parties à peu
près égales, est aussi pour ce canal le point de départ
de deux directions différentes. Depuis le cap des Vierges,
il inclinait visiblement au sud-ouest. A partir du cap
Froward, il se redresse pour courir, presque en ligne
droite, au nord-ouest, jusqu'au cap Pilar, où il débouche
dans le Pacifique. Enfin ce cap sert encore de limite,
comme nous le verrons plus loin, entre deux aspects bien
différents dans la nature et la constitution géologique des
terres qui bordent le détroit de Magellan.

Mais celui-ci n'est pas la seule voie ouverte aux navigateurs pour passer de l'Atlantique dans le Pacifique, et
réciproquement. Arrivés à la hauteur du cap Tamar, ils
peuvent, virant de bord et laissant derrière eux la Terre-
de-Désolation, s'engager dans le labyrinthe de canaux
qui, du sud au nord et le long de la côte occidentale du
continent, sépare les îles de cette côte. Ce sont là les
canaux latéraux de la Patagonie, rarement suivis par les
navires. La navigation, en effet, y est très difficile, à
cause de la proximité du rivage, et réclame du pilote
une manœuvre très correcte. Les navires de commerce
ne se fourvoient pas dans ces parages, qui ne sont guère
visités que par les curieux et les savants. Mais les ennuis
de cette longue et pénible navigation sont, comme nous
le verrons encore, rachetés par des surprises pour l'œil
qui sont à peine surpassées par les magnificences d'une
nature plus clémente et d'un climat plus doux.

La sortie de ces canaux latéraux s'effectue à l'extrémité de l'île Wellington, dans le golfe de Peñas, où l'on

retrouve l'océan Pacifique. Réciproquement on peut s'engager dans ces canaux par ce même golfe, et la sortie du détroit s'opère alors à l'autre extrémité, au cap des vierges, où l'on débouche dans l'Atlantique.

Il est une troisième et même une quatrième voie pour s'ouvrir un passage d'un océan dans l'autre. Lorsque le navigateur, arrivé au cap des Vierges, au lieu d'emboucher le détroit, continue sa route au sud et longe la Terre-de-Feu jusqu'à la pointe Diégo, il se trouve en présence d'un nouveau détroit qui sépare la Terre-de-Feu de la petite île des États. Ce détroit est celui de Lemaire; mais, à cause des courants, fort vifs en cet endroit, il est peu fréquenté. Les marins préfèrent gagner le large pour doubler le cap Horn, que, dans tous les cas, il faut franchir quand on ne suit pas le détroit de Magellan.

On peut même dire, en résumé, qu'il n'y a que deux routes pour les navigateurs, le détroit, du cap des Vierges au cap Pilar, et le cap Horn. Les navires à vapeur suivent le premier, les navires à voile préfèrent le second.

CHAPITRE II

LE DÉTROIT DE MAGELLAN

ASPECT, PHYSIONOMIE, PAYSAGES, FLORE ET FAUNE

Il s'en faut que l'idée que l'on se fait généralement du détroit de Magellan soit conforme à la réalité. On se figure une contrée stérile, une région désolée, couverte de volcans perçant la neige de leurs cônes menaçants. Les noms de *Terre-de-Feu*, de *Terre-de-Désolation* n'ont que trop souvent fait illusion. « Combien de nos compatriotes, écrit un voyageur français, croient encore aux Polyphèmes qui, sur les rivages magellaniques, menacent la vie des navigateurs imprudents ou malheureux! Combien y en a-t-il qui considèrent le climat de ces contrées comme extrêmement rigoureux, qui se figurent d'ailleurs un sol aride, brûlé d'un côté par des volcans en ignition, et, de l'autre, couvert de neiges et de glaces[1]! »

[1] De Rochas, *Journal d'un voyage au détroit de Magellan.*

La vérité est que le détroit de Magellan, par la beauté de ses sites sauvages, de ses paysages toujours variés, par le contraste d'une nature aimable encadrée de glaciers et de pics audacieux, a toujours exercé sur l'esprit de ceux qui l'ont visité une singulière fascination, et le voyageur que nous venons de citer ne craint pas de le signaler comme « une des plus intéressantes contrées de l'univers ». D'autres ont cherché à définir le caractère d'étrange beauté que revêt le paysage magellanique, en le comparant tantôt à la Suisse, tantôt à l'Écosse, ou bien encore au Jura [1], sans pouvoir le fixer d'une manière définitive, tant est grande la mobilité des impressions qui résultent de la diversité des aspects toujours nouveaux de cette nature fertile en contrastes.

D'ailleurs, il faut faire deux parts dans la description pittoresque du détroit à l'est. Au cap Froward, ou un peu avant, jusqu'à Punta-Arena, la côte, basse et nue, est à peine interrompue par le bourrelet d'ondulations qui bordent le rivage. On dirait que les pampas de la Patagonie viennent expirer aux bords du détroit.

Il en est autrement lorsque, ayant franchi le deuxième goulet, on range de près la côte orientale de la presqu'île de Brunswick. A partir de Punta-Arena et déjà bien avant le cap Froward, le terrain se relève, le relief du sol s'accuse. Dans les îles et du sein des flots surgissent des roches abruptes, le plus souvent nues, quelquefois couvertes de verdure, mais qui semblent toujours

---

[1] « Chacun de nous jette ses exclamations à la brise : « Voici un paysage alpestre ! — C'est maintenant tout à fait le Jura ! — J'ai vu ces mêmes aspects en Écosse ! — Voici encore les bords du Rhin ! » A chaque tournant on évoque un souvenir. » (Journal de *la Junon*.)

d'autant plus hautes que la mer baigne leur base. On
assiste, en quelque sorte, à la naissance des Andes, dont
l'arête indécise va, de proche en proche et d'île en île, se
constituer définitivement sur la lisière occidentale du
continent américain. Ce contraste entre la région abrupte
et escarpée et la région basse et alluviale du détroit n'a
pas échappé à l'attention des voyageurs. L'un d'eux remarque que l'immense cordillère, après avoir parcouru
tout le continent, semble venir s'engloutir dans le vaste
océan, et il ajoute : « Un simple coup d'œil jeté sur la carte
suffit pour se rendre compte de cette disposition toute particulière de la pointe de l'Amérique du Sud, et qui s'étend
également à la grande île de la Terre-de-Feu, dont la
partie orientale participe de la nature plane des pampas
de la Patagonie, tandis que le centre et la région occidentale ne sont, en réalité, que l'extrémité immergée de
la chaîne des Andes projetant au loin, vers le sud, ses
dernières ramifications[1]. »

Dès lors et jusqu'à la sortie du détroit se succèdent des tableaux d'une incomparable beauté pittoresque[2].

En général, le fond des baies, en même temps qu'elles
offrent presque toujours un mouillage sûr et commode,
est pourvu d'eau douce et de bois en abondance, double
ressource pour les navigateurs, alors surtout que le bois
était le seul combustible à bord des navires. Souvent
aussi le fond des baies est rempli par des glaciers dont
le flot vient lécher la base, et dont se détachent parfois

---

1 E. Cotteau, *Promenade autour de l'Amérique du Sud.*
2 Voir tous les voyageurs, les derniers surtout, qui ont exploré le détroit.
Nous en donnerons des extraits dans la *troisième partie.*

d'énormes fragments qui tombent dans la mer avec fracas. Comme fond de tableau à peu près invariable, se dressent des montagnes dont la neige qui couvre leurs sommets fait un contraste avec la verdure sombre des forêts qui tapissent leurs flancs.

En d'autres endroits, le rivage est découpé en capricieux méandres qui donnent accès au flot de la mer et qui rappellent les *fjords* de la Norwège. L'effet est le même, et un voyageur nous dépeint ainsi ces sauvages solitudes :

« Comment rendre la terrible majesté de ces sombres murailles, qui vous dominent entièrement par leurs proportions colossales et vraiment titanesques? Quelques fentes très étroites abritent des arbres de la plus belle venue, dont l'éclatante verdure contraste singulièrement avec l'apparence générale de cette terre incomparable. Malgré leur indiscutable beauté, on sort de ces lieux presque avec une sensation de bien-être et de soulagement, tant on est impressionné par la comparaison humiliante qu'on ne saurait manquer d'établir entre le frêle navire que l'on monte et les masses écrasantes dont on contourne péniblement la base [1]. »

Pour corriger l'impression pénible de ces longs et hauts corridors glacés, la vue se repose agréablement, au sortir de ces gorges, sur les îles nombreuses qui semblent barrer la route du détroit, et qui, chargées la plupart de végétation, ressemblent à autant de corbeilles de verdure. D'autres ne présentent que des roches nues et luisantes dont la vague ne cesse de laver la base.

[1] L.-N. Wyse, *de Montevideo à Valparaiso.*

D'autres sont tapissées d'une courte et rare végétation,
première évolution d'une flore plus savante et plus com-
pliquée. Aux plantes les plus élémentaires, mousses,
lichens, lycopodes, succèdent, sur leurs détritus accumulés, des végétaux plus avancés dans la série végétale,
les fougères, les bruyères; puis viennent des arbustes
plus vigoureux, le houx épineux, le *berberis* à feuilles
coriaces, quelques conifères. Ceux-ci meurent à leur
tour et fournissent à la terre végétale qui s'amasse à
leur pied une couche plus épaisse et plus féconde. Là
prennent racine les arbres des forêts, le hêtre antarctique, si commun dans ces régions, l'arbre qu'on appelle
le *drynis* ou l'*écorce de Winter,* une espèce de cèdre
beaucoup plus rare, et d'autres essences dont la réunion
forme de majestueuses forêts et souvent d'impénétrables
fourrés [1]. Ces beaux arbres, que blesse rarement la hache
du bûcheron, tombent le plus souvent de vétusté dans
le lit du torrent, qui porte plus loin leurs débris, en sorte
que l'embouchure des rivières est souvent obstruée par
l'accumulation de ces troncs, formant quelquefois au-
dessus de leurs rives des ponts naturels. Le pied ne s'y
poserait pas toujours avec sûreté, car le temps, l'air et
la chaleur dessèchent ces troncs, les pourrissent, si bien
que leur écorce ne revêt plus qu'un corps usé et vermoulu. Imprudent celui qui essayerait d'y trouver un
abri, ou plutôt un support!

[1] « Impossible de faire deux pas dans la forêt sans escalader les troncs
d'arbres renversés, sans élaguer les bruyères, les houx, les épines-vinettes
qui hérissent le sol et ne laissent pas le plus petit espace découvert entre
les tiges gigantesques du bouleau, du hêtre, du frêne, etc. » (De Rochas.)
L'auteur décrit ici un des aspects de la rivière de Gennes.

Tous les récits des voyageurs témoignent de leur surprise et de leur admiration à la vue de ces forêts qui, au
milieu de cette nature âpre et sauvage, réjouissent le regard, en même temps qu'elles promettent au chasseur
d'abondantes et faciles captures [1].

Pour en finir avec la flore magellanique, citons encore
les *mahonia*, les *darwinia*, avec leurs fleurs orangées,
presque écarlates; le *misandra magellanica*, dont les
larges feuilles peuvent servir d'assiettes; les *loranthus*,
qui, s'enlaçant autour des arbres, leur prêtent, en
échange de l'hospitalité qu'ils leur offrent, l'éclat de leurs
belles fleurs rouges; les *calceolaria* à fleurs jaunes, le
cytise à feuilles soyeuse, une petite *pimprenelle* également à fleurs jaunes, des *gnaphalium*, formant des tapis
de gazon, avec le *brome* à balles reuflées, les *stipes* et
autres graminées. « L'îlot de Wigwain, dit Dumont
d'Urville, est un charmant bouquet d'arbres situé entre
deux baies. Ses plages, en grande partie sablonneuses,
sont tapissées par des espèces de plantes appartenant à
la famille des composées; l'une, semblable à l'*aster mari-
timus*, a des fleurs variées de bleu et de violet, et l'autre,
approchant des *doroniques*, a de belles fleurs jaunes. Ces
deux plantes y croissent en telle abondance qu'on eût dit
un parterre cultivé à dessein [2]. » L'illustre voyageur [3], qui
a fait de la flore magellanique une étude particulière,
n'a garde d'omettre le *céleri* sauvage (*apium dulce*) et le

---

[1] « La végétation commence à se montrer. Des forêts de hêtres se des-
sinent sur la plupart des pics. Plus nous avançons, plus le pays devient
montagneux et boisé. » (Journal de *la Junon*.)

[2] *Voyage au pôle Sud*, tome I.

[3] Voir dans la *troisième partie* l'analyse de son voyage.

perdicium aux feuilles comestibles, qui de tout temps ont fourni aux voyageurs un utile appoint à leurs frugals repas.

Il n'est pas jusqu'à la fleur semi-tropicale dont on n'ait signalé la présence au pied même des glaciers du détroit, ce qui s'explique par la douceur relative des hivers, les étés tempérés, l'humidité du climat et la richesse du sol. « En effet, peut-on croire à des hivers très rigoureux dans un pays couvert de plantes qui ont besoin de serres pour vivre dans nos climats européens, en voyant la nudité presque complète des indigènes et en entendant dans les bois le caquetage des perroquets et le bourdonnement des colibris[1] ? » Le même voyageur affirme, après des observations faites par lui sur les lieux mêmes, que le climat moyen de la partie du détroit comprise entre Punta-Arena et la baie de Saint-Nicolas ne diffère pas beaucoup de celui de notre Bretagne.

La faune du détroit n'est pas moins variée que la flore, ni moins curieuse. Les canaux abondent en coquillages de toute espèce : volutes, buccins, patelles, moules gigantesques, etc. Ces dernières, signalées déjà par Pigafetta, sont une ressource précieuse pour les navigateurs; et les pauvres Pecherais qui habitent ces parages n'ont guère d'autres présents à offrir aux étrangers en échange du tabac et du biscuit qu'ils réclament avec instance. Le

---

[1] M. de Rochas (*ouvrage cité*). « En ce moment le soleil dardait ses rayons avec tant de force sur ce petit coin de terre, qu'il y éleva la température de 15° à 20° en peu de moments; aussi nous transpirions copieusement au travers de nos vêtements d'hiver, et cela faisait un contraste étonnant avec les glaciers qui nous environnaient. » (Dumont d'Urville, *Voyage au pôle Sud*, tome I.)

poisson est également abondant dans le détroit, et c'est
à peu près la seule nourriture de ces malheureux Indiens, la chasse leur étant interdite, dépourvus qu'ils
sont d'armes à feu. Pourtant les oiseaux sont nombreux,
oiseaux de terre, oiseaux de mer, oiseaux de passage;
tout se trouve réuni pour le plus grand plaisir du chasseur et pour le plus grand profit du cuisinier : les pin-
gouins, que nous décrirons plus loin; l'albatros, dont les
larges ailes ont jusqu'à quinze pieds d'envergure; le
damier, qui a pris ce nom de son plumage, alternativement noir et blanc; enfin le fou, le pétrel et toute cette
famille d'oiseaux à pattes palmées qui décrivent dans le
ciel des spirales sans fin ou se laissent mollement bercer
par la vague.

Une espèce de canard sauvage que les Anglais appellent *steam-duck* donne lieu à une chasse amusante. Ce
singulier animal se sert, paraît-il, de ses ailes en guise
de pagaie avec une agilité surprenante. Il peut lutter de
vitesse avec un navire, laissant derrière lui pendant fort
longtemps, si l'eau est calme, la trace de son sillage, qui
va s'élargissant de plus en plus, et qui paraît hors de pro-
portion avec sa taille. Une embarcation, même rapide,
ne saurait l'atteindre; il faut plusieurs canots ensemble
pour l'acculer vers quelque point de la côte, où il perd
un peu de temps en faisant des crochets inutiles, surtout
avant de se décider à quitter l'eau, qui est pour ces
oiseaux leur élément naturel. On peut alors en tuer
quelques-uns; mais il est prudent de ne les saisir que
quand ils sont bien morts, car la force de leurs ailes est
telle qu'ils pourraient casser le bras du chasseur. La
puissance musculaire dont cette partie du corps est douée

explique facilement leur prodigieuse rapidité quand ils nagent.

Les pingoüins sont l'objet d'une chasse non moins extraordinaire. Ces oiseaux, répandus à profusion dans le canal de Magellan, mais surtout dans les havres de la presqu'île de Brunswick, sont aussi des animaux fort curieux. Ils n'ont, comme on sait, que des ailes rudimentaires. De là vient qu'on leur donne communément le nom de *manchots*. Cet oiseau, de la grosseur d'une oie, a la tête noire, un collier jaune-citron, le dos de couleur ardoise et le ventre blanc. Il se tient dans la position verticale et semble assis debout sur ses larges pattes palmées. Ce plumage bigarré et cette attitude béate sont fort remarquables. Un voyageur compare les longues files de pingoüins que l'on voit de loin sur le rivage à des troupes d'enfants de chœur en surplis blanc et en camail. Dans cette situation, il est très aisé de les approcher, et on les tue facilement à coups de bâton; mais sur l'eau ils sont insaisissables. Ils plongent à des profondeurs prodigieuses et peuvent rester pendant quelques minutes sous l'eau.

Il y a en Patagonie un oiseau plus curieux encore et surtout plus utile; c'est l'autruche américaine appelée vulgairement le *nandou*. Mais celui-ci réclame un chapitre particulier.

CHAPITRE III

LE NANDOU

Le nandou est le plus gros et, on peut le dire, le plus
bel oiseau de l'Amérique australe. Il ressemble beaucoup
à son congénère d'Afrique, dont il porte aussi le nom ;
mais il est moins grand[1], a tout le corps, les longues
pattes exceptées, recouvert de plumes qui n'ont ni la
souplesse ni la finesse de celles de l'autruche africaine ;
aussi sont-elles beaucoup moins recherchées. Mais c'est
surtout par la conformation du pied que les deux espèces
diffèrent l'une de l'autre. Tandis que l'autruche ordinaire
n'a que deux doigts à chaque pied, le nandou en a trois,
et les naturalistes attachent une si grande importance à

---

[1] « Le nandou, ou autruche d'Amérique (*rhea americana*), est de plus
petite taille que son congénère de l'ancien continent ; errant sans être
inquiété dans les immenses solitudes de l'Amérique méridionale, il n'est
pas nécessaire de déployer contre lui l'appareil coûteux et compliqué employé contre l'autruche du vieux continent par les seigneurs musulmans
qui habitent la frontière du Sahara. » (L.-N. Wyse, *de Montevideo à
Valparaiso*, 1876.)

ce caractère extérieur chez les animaux et plus particulièrement chez les oiseaux, que quelques-uns d'entre
eux ont voulu voir dans le nandou une espèce tout à fait
distincte de l'autruche. Mais Cuvier, après avoir étudié
les mœurs de cet animal, la forme de son corps et son
allure, n'a pas hésité à le rattacher, ainsi que l'autruche,
au genre qu'il a désigné sous le nom de *brévipennes*. Le
nandou est donc une autruche particulière au nouveau
continent. Sa taille, inférieure à celle de l'autruche d'A-
frique, varie d'un mètre et demie à un mètre soixante
centimètres. Son allure est grave et majestueuse. Il
marche la tête haute et relève le pied comme les oiseaux
marcheurs. Cette allure grave et lente fait place à une
extrême vélocité quand il est poursuivi, et dès lors un
cheval pourrait à peine l'atteindre à la course. Ses ailes,
quoique plus longues et mieux fournies que celles de l'autruche, sont encore trop courtes et le poids de son corps
trop lourd pour lui permettre de voler; mais, lorsqu'il
est poursuivi, il étend ses ailes latéralement, ce qui favorise la rapidité de son galop. Son plumage, beaucoup
plus fourni que celui de son congénère d'Afrique, est
aussi plus agréable à l'œil. D'un gris bleuâtre, ou noir
dans les parties supérieures, il est blanc sous le corps.
Les plumes des ailes sont belles, mais elles n'ont ni
l'éclat ni la finesse de celles de l'autruche.

Le nandou vit par petites familles de huit à dix individus, disséminées dans les lieux voisins de ceux où elles
trouvent de quoi paître. Il se nourrit d'herbe fraîche
qu'il coupe avec son bec. On le trouve surtout près des
ruisseaux et des lacs. Les femelles pondent dans les lieux
les plus sauvages, au milieu de la campagne, et couvent

pendant la nuit seulement. La ponte est d'ordinaire de cinquante à soixante œufs, qui fournissent un aliment excellent.

Un trait de mœurs de ces animaux est leur extrême curiosité. A l'état domestique, on les voit s'approcher gravement des personnes qui causent, comme s'ils cherchaient à prendre part à la conversation. A l'état sauvage, leur curiosité leur est souvent fatale. Tout ce qui leur paraît étrange ou insolite les attire. Un rien suffit pour exciter leur attention. Les couguars, qui connaissent ce faible du naudou, l'exploitent habilement pour se procurer une proie. Ils se couchent à terre et agitent doucement leur queue. Le nandou, apercevant quelque chose qui remue, s'approche du félin, qui saute sur sa victime et l'étrangle.

L'homme a d'autres moyens pour chasser le nandou sauvage, et cette chasse offre à la fois l'aspect d'une petite guerre et d'un divertissement. Alcide d'Orbigny nous raconte comment elle se pratique sur les bords du Rio-Negro.

Un certain nombre de cavaliers, armés de *bolas,* se réunissent et se rendent au lieu fixé pour la chasse; c'est ordinairement une plaine où paissent les troupeaux de nandous. Là ils se divisent. Les uns marchent en avant, en formant un très grand cercle, de manière à obliger le gibier à se diriger vers un cul-de-sac où il soit plus facile de le prendre, tandis que les autres forment une ligne de front, à une assez grande distance les uns des autres, afin de ne rien laisser passer et de décrire une autre partie du cercle. Une famille d'autruches se montre-t-elle, vite tous les chasseurs s'élancent à sa poursuite

au galop. Alors le spectacle devient des plus animés.
Les malheureux oiseaux hâtent leur course le plus possible et franchissent d'un pas léger une grande distance
en une seconde. Les chasseurs expérimentés, sachant
que, s'ils n'approchent pas l'oiseau dans le premier instant de la fougue du cheval, ils doivent perdre l'espoir
de l'avoir plus tard, lancent leurs coursiers avec toute la
vitesse possible. Dès qu'ils en sont à douze à quinze
pas, sans cesser de galoper, on les voit, penchés en avant,
pressant leur monture de leurs éperons, faire tournoyer
leurs bolas au-dessus de leur tête, puis les lâcher pour
atteindre l'animal; s'ils le manquent, sans s'arrêter, ils
se baissent, ramassent leurs bolas et les lancent de nouveau. Ils finissent par les enrouler autour du cou et des
ailes des nandous, qui, d'ailleurs, enveloppés par les
chevaux, se trouvent au milieu des chasseurs. Ici commence une nouvelle phase dans la lutte. Le nandou cir-
convenu tente par des feintes, par de continuels zigzags,
de se soustraire au cercle menaçant qui l'entoure; en
même temps il cherche, par des coups d'aile à droite et
à gauche, à piquer les chevaux de l'espèce d'ongle termi-
nal dont son aile est armée et à l'épouvanter ainsi; ce
qui arrive souvent, car, lorsqu'elle est forcée, elle se
précipite entre les jambes du coursier, qui a peur, se
cabre ou rue, et finit parfois par jeter son cavalier par
terre. L'oiseau repart alors, comme un trait, en droite
ligne. Mais d'autres chasseurs l'attendent au passage, et
l'inévitable bola, lancée à propos, finit par embarrasser
sa marche et à le renverser sur le sol. Le vainqueur
descend de cheval, et en signe de victoire le tue et lui
coupe les ailes, qu'il attache au cou de son cheval en re-

prenant sa course. Alors le champ de chasse présente un singulier spectacle : des autruches épouvantées s'enfuient comme le vent devant les chasseurs ; ceux-ci galopant dans toutes les directions, les cris de joie des uns, les applaudissements des autres, tout anime cette plaine, l'instant d'avant si calme et si paisible.

La chair du nandou offre une nourriture aussi substantielle qu'agréable. Les Patagons en sont très friands, surtout de la poitrine, qu'ils appellent *picanilla*. Les œufs de l'autruche sont toujours estimés des habitants des campagnes, et l'on en vend beaucoup sur les marchés de Buenos-Ayres et de Montevideo.

Mais, de même que le nandou est une réduction de la grande autruche d'Afrique, de même le guanaco est un diminutif du chameau. Nous voici donc arrivé à parler de l'animal le plus intéressant et un des plus utiles de toute l'Amérique australe.

CHAPITRE IV

LE GUANACO

L'Amérique australe ne compte que trois quadrupèdes utiles à l'homme : le chien, le cheval et le guanaco.

Par un bienfait de la Providence, on trouve le chien aux deux extrémités du monde, dans les régions arctiques et au détroit de Magellan. Animal de trait et compagnon de chasse, le chien de l'Esquimau tire le traîneau de son maître ou l'aide à chasser le phoque ou le renard bleu. Le pauvre Pecherais n'a que le chien, et, comme il ne vit que de poisson, il faut bien que le chien l'aide dans sa pêche. Il se jette à l'eau, à l'entrée d'une petite baie ou d'une crique étroite, et rabat le poisson vers le bord, où le pêcheur l'attrape [1].

Le Patagon a le chien, le cheval et surtout le guanaco.

---

[1] Ailleurs (toujours dans le détroit), on chasse les oiseaux à l'aide d'une ligne et d'un hameçon. (V. *Voyage d'une famille autour du monde.*) Singulier pays où les rôles sont intervertis ; on chasse le poisson à l'aide de chiens, on prend les oiseaux à la ligne !

Par un autre bienfait de la Providence, lui qui ne saurait trouver sur un sol impropre à la culture les premières ressources de la vie, la nourriture et le vêtement, il a dans la chair du guanaco un aliment sain, et dans la peau du même animal de quoi se vêtir.

On connaît assez le chien et le cheval. Ces excellents animaux sont les mêmes partout. Ils servent l'homme et se plaisent dans leur servitude. Dociles compagnons, infatigables serviteurs, ils le suivent ou le portent à la chasse, au combat, partout où il y a de la peine ou du plaisir. Mais les Patagons n'ont pas tous des chevaux; les plus pauvres ont au moins un guanaco. Le Lapon a le renne, l'Arabe a le chameau, le Patagon a le guanaco.

Le guanaco est un bel animal du genre lama, genre voisin du chameau et qui comprend les vigognes, les alpacas, etc. Sa taille va d'un mètre à un mètre soixante centimètres. C'est aussi la taille du nandou.

Le pelage des lamas est laineux. On sait le prix de celui de l'alpaca. Celui du guanaco est plus court et plus serré, et offre avec la peau un tissu imperméable avec lequel les Patagons se font des manteaux d'un grand prix [1].

Dans l'état sauvage, le guanaco est d'un fauve clair tirant légèrement sur la teinte de la feuille rose sèche, tandis

1 « Les gens d'ici m'assurent qu'avec les poils tournés en dedans, ces manteaux leur ont permis de dormir en plein air sans être incommodés par la pluie, la neige ou le vent. On les fabrique avec la peau des nouveau-nés, tués avant leur treizième jour, ou, mieux encore, avec celle d'animaux tués dans les entrailles de leurs mères. » (*Voyage d'une famille autour du monde.*)

que la tête est d'un brun d'ardoise. Un voyageur qui l'a
étudié dans toutes les localités qu'il a parcourues de
l'immense chaîne des Cordillères, dit qu'on le rencontre
partout jusqu'au détroit de Magellan. « C'est, dit-il, un
animal doux, familier, timide, et par-dessus tout, curieux.
Vous le voyez observant d'un long regard tous les objets qui ont excité son attention. Fort sociable par sa
nature, il vit en troupeaux de six, huit, douze femelles,
conduites par un seul mâle; il y a telles de ces troupes
craintives qui comptent jusqu'à cent individus, leur conducteur en tête et se faisant remarquer par la vigueur
de son corps et par la teinte plus obscure de sa peau, qui
prend parfois un aspect cendré. » Le même voyageur
affirme que la chair du guanaco offre un gibier passable,
estimé des Indiens, mais qu'elle est peu nourrissante;
que le filet, mariné dans le vinaigre, est considéré comme
un mets délicat, mais que les autres parties de l'animal
offrent souvent une chair filamenteuse. Quoi qu'il en
soit, et pendant sa vie et après sa mort, le guanaco rend
d'utiles services aux Indiens. Par sa curiosité naïve, qui
le porte à tourner autour des voyageurs et même à les
suivre, par cette disposition instinctive à se rapprocher
de l'homme, il a été réduit de bonne heure à la domesti-
cation chez les principales nations de l'Amérique du Sud.
Elles l'utilisent au labour des terres ou au transport des
fardeaux. Quel voyageur n'a pas été surpris dans les
Cordillères par ces longues files de guanacos, marchant
avec gravité, on pourrait presque dire avec orgueil, et
portant sur leur dos des paquets ou ballots de marchandises?

On comprend que les mérites divers dont est pourvu

le guanaco l'aient fait rechercher par les chasseurs dans les solitudes où se cachent les troupeaux. Cette chasse a tous les attraits d'une expédition sans offrir aucun danger. Chiens et chevaux y contribuent, car l'extrême vélocité du guanaco est sa principale arme de défense. C'est à cause de cette vélocité que les anciens Péruviens ont placé le guanaco dans leur olympe et qu'ils en ont fait le messager des dieux.

Le guanaco se chasse en plaine, comme l'autruche, et le procédé est le même. Une fois en plaine, les chasseurs forment autour du troupeau un grand cercle qu'ils rétrécissent de plus en plus. Armés de leurs lazos et suivis de leurs chiens, ils se mettent à la poursuite de l'animal, qui essaye de fuir entre les intervalles laissés par les chasseurs. Mais, au moment où il croit échapper, le terrible lazo s'abat sur lui, et, s'entortillant autour de son cou ou de ses jambes, le renverse sur le sol. Ce lazo, que nous avons vu déjà figurer dans la chasse à l'autruche, est un engin fort précieux pour la chasse dans l'Amérique du Sud. Il se compose d'une ou plusieurs courroies portant à leur extrémité un corps pesant (la *bola*), comme une pierre, ou mieux une boule de fer ou de plomb qui, projetée avec adresse, entraîne après lui une corde légère disposée en nœud coulant et dont une extrémité est fixée à la selle du cheval. On conçoit que, lorsque l'animal est atteint et enlacé par la bola, il ne puisse plus faire usage de ses membres. Nécessairement il est renversé. Ce qu'il y a de curieux, c'est que les courroies du lazo sont faites avec le cuir même de l'animal, qui fournit ainsi l'instrument de son supplice. Si c'est un troupeau de femelles que chassent les Indiens, comme

presque toujours, un tel troupeau est guidé par un mâle;
rien de plus curieux encore que l'adroit manège employé
par ce vaillant conducteur pour déjouer les ruses de ses
ennemis. Son intrépide activité le fait apparaître en
un moment sur tous les points où est le danger, et
pendant qu'il se dévoue ainsi ses compagnes timides
s'éloignent.

Il est curieux que l'on chasse un animal qui s'apprivoise
avec tant de facilité, et qui semble rechercher l'homme
avec tant d'empressement. Cet empressement lui est
fatal. Un individu quelconque apparaît-il, en effet, du
côté où se trouve un troupeau de guanacos, le chef de la
bande l'observe et le regarde avec une sorte d'admiration; puis il fait entendre un petit hennissement cadencé,
d'un ton presque flûté. Cette curiosité est telle chez le
guanaco, qu'il lui arrive de tourner autour des voyageurs et même de les suivre à une certaine distance.

Le guanaco est donc un animal sociable et qu'on pourrait utiliser pour les besoins domestiques, par exemple,
pour le transport de légers fardeaux par les routes les
plus difficiles. A l'état domestique, le guanaco en use
familièrement avec vous, trop familièrement peut-être.
Si vous vous promenez dans l'enclos où on les retient, ils
viennent droit sur vous, avec un air calme et engageant.
Naturellement on se laisse aller à les caresser; mais, au
moment où on y pense le moins, ils se lèvent sur leurs
pieds de derrière, vous renversent et arc-boutent leur
tête contre votre poitrine. La pression n'étant pas très
forte, on en est quitte pour le saisissement que vous
cause leur brusque agression. L'absence de cornes chez
le guanaco rend le jeu moins dangereux.

On utilisait autrefois le guanaco pour un autre genre de service que les transports. Le pratique-t-on encore aujourd'hui? Voici ce dont il s'agit. Comme chez les animaux de la même espèce, il arrive que l'estomac du guanaco renferme quelques-unes de ces concrétions ovoïdes que l'on désigne sous le nom de *bezoards*. Or les bezoards venus de l'Amérique, bien supérieurs, disait-on, à ceux de l'ancien monde, passaient pour être une véritable panacée universelle. Il paraît que le préjugé qui accordait tant de vertus à cette substance n'a pas encore complètement disparu du Chili, et qu'il existe même dans certains pays d'Europe.

Il faudrait parler aussi de la vigogne et du lama, si voisins du guanaco et comme lui appartenant à la grande classe des ruminants sans cornes. Mais nous avons hâte de visiter le seul point du détroit habité par quelques centaines de colons. Nous voulons parler de Punta-Arenas.

Toutefois, avant de quitter le chapitre des animaux de la Patagonie et de la Terre-de-Feu, ajoutons que, si le climat de ces régions est parfois bien rude, si la nature ne les a pas dotées d'une fertilité merveilleuse, elle les a préservées de la présence de ces animaux malfaisants ou venimeux qui désolent des régions plus avantageusement douées sous le rapport de la température et de la végétation, comme si la Providence avait voulu corriger les rigueurs d'un climat excessif par l'absence de ces hôtes incommodes ou nuisibles qui rendent inhabitables certaines régions de l'équateur.

CHAPITRE V

PUNTA-ARENAS ET PORT-FAMINE

La traversée du détroit de Magellan est d'autant plus pénible, même pour les vapeurs, que, pendant une centaine de lieues, longueur approximative du canal, on n'y rencontre qu'un point de relâche; encore n'offre-t-il que de médiocres ressources. C'est Punta-Arenas, situé sur la côte est de la presqu'île de Brunswick; Punta-Arenas, que les Anglais appellent *Sandy-Point* et qui est le lieu habité le plus au sud dans l'hémisphère austral.

Est-ce la latitude qui s'oppose à tout autre établissement de ce genre au sud de l'Amérique? Mais Punta-Arenas n'est qu'à 53° de latitude, tandis que Hammerfest (Norwège), qui est la ville la plus septentrionale de notre hémisphère, tombe sous le 71e degré de latitude nord. D'ailleurs, il résulte des observations météorologiques faites dans le détroit que le climat est loin d'y être excessif. Il est variable, capricieux, procède par bourras-

ques, par rafales; mais, à tout prendre, l'hiver y est sup-
portable et les étés assez chauds pour admettre, ainsi
qu'on l'a vu plus haut, une végétation quasi-tropicale.
C'est dans le détroit surtout que l'on a à souffrir des
brusques variations dans la température. Souvent à un
éblouissant lever de soleil succède un ciel chargé de
nuages; le vent se lève, vent furieux, chassant par intervalles des rafales de pluies et de neige fondue. Le ther-
momètre baisse rapidement. La tempête se déchaîne avec
furie, puis le calme reparaît, calme presque aussi perni-
cieux pour les navires à voile que la tempête. Nous
voulons parler de ces calmes plats qui semblent clouer
les navires sur place.

Quoi qu'il en soit, on demeure surpris de voir que depuis Magellan, c'est-à-dire dans l'espace de trois siècles
et demi, il ne s'est fondé que deux établissements dans
tout le canal de Magellan. Encore le premier en date,
créé soixante ans seulement après le voyage de l'illustre
navigateur portugais n'a-t-il eu qu'une durée éphémère.
Et pourtant le lieu avait été si bien choisi, que tous les
navires ne manquent pas de mouiller au fond de la baie
où s'éleva jadis Port-Famine. « La rivière Sedger, dit
le commodore Byron, qui se jette dans la mer au Port-
Famine, offre un aspect aussi agréable qu'il est possible
à l'imagination la plus riante et la plus féconde. Les sinuosités de son cours présentent les aspects les plus
agréables, etc. » Et tous les voyageurs ne manquent pas
de célébrer les beautés agrestes et romantiques de Port-
Famine. Dumont d'Urville y a séjourné une douzaine de
jours, étudiant sur place la flore magellanique et enri-
chissant la science d'une foule de documents nouveaux.

Il recommande cette station comme une des meilleures
pour les navires. Les avantages de cette heureuse position n'avaient pas échappé aux anciens navigateurs, et
l'un d'eux, l'Espagnol Sarmento, avait été chargé par son
gouvernement de fonder, en 1581, une colonie qu'il
appela *Philippeville*, en l'honneur du roi Philippe II.
L'intérêt de la colonisation n'était pas le seul objet de
cette création; le but était d'interdire le passage du
détroit à tout navire qui ne portait pas le pavillon espagnol. On y avait établi quatre cents colons ou soldats, sous
la protection de quelques bastions. Mais, soit incurie de
la part du gouvernement, soit négligence de la part de
l'administration locale, soit même rébellion d'une partie
de la population assez mélangée composant la colonie,
celle-ci ne tarda pas à péricliter, et, au bout de quelques années, tous les habitants moururent de faim, sauf
un que Cavendish dit avoir rencontré dans le voyage
qu'il fit en 1587. De là le nom trop bien justifié de *Port-
Famine*, qui ne tarda pas à remplacer celui de Philippeville.

La chute si triste et si rapide de la colonie espagnole
était de nature à décourager toute tentative ultérieure
de ce genre. Aussi s'écoula-t-il des années, et même des
siècles, avant que l'on songeât à renouveler l'entreprise
de Sarmento. Enfin, il y a une vingtaine d'années, le
gouvernement chilien se décida à fonder un établissement pénitentiaire sur un des points de la même côte de
la presqu'île de Brunswick. Il songea à créer une colonie agricole et une station maritime, et il faut avouer
que l'emplacement avait été bien choisi pour réaliser ce
triple objet. « La partie orientale de la presqu'île de

Brunswick est sans doute la contrée la plus belle et la
plus intéressante du détroit; elle offre en abondance des
forêts, des prairies et de gras pâturages. La défense de
la colonie de Punta-Arenas contre les attaques des Indiens, d'ailleurs très pacifiques et en fort petit nombre, est
très facile, grâce à sa propre situation, car elle tient seulement au continent par un isthme étroit. C'est, en outre,
la station d'un navire de guerre chargé de veiller aux
besoins de la colonie, et de donner des secours et des
renseignements aux navires qui font la traversée du détroit ou qui y séjournent pour la pêche de la baleine.
Des chemins ont été frayés le long de la côte, pour relier
entre elles différentes vallées et ports du littoral. Enfin
des explorations fréquentes dans l'intérieur des terres,
des essais d'acclimatation de plantes et d'animaux
utiles, sont d'un heureux présage pour l'avenir de la
colonie [1]. »

L'aspect de la ville est des plus modestes. Des huttes
ou maisonnettes en bois, couvertes en tuiles ou en
ardoises, avec ou sans vérandas, composent le bourg,
qui renferme de 1200 à 1300 habitants. Elles n'ont qu'un
étage et sont disposées en carrés, séparés l'un de l'autre
par de larges voies; de fortes palissades entourent la colonie. A l'extrémité de la ville s'élève la prison, recon-
naissable à sa tour; l'habitation du gouverneur fait un
certain effet, bien qu'elle soit simplement en bois. Il y a
une jolie petite église à côté et une caserne qui paraît
bien tenue.

Une photographie de Punta-Arenas que nous avons

---

[1] *Essai sur le Chili*, par V. Periz-Rosalès.

sous les yeux justifie assez l'impression que produit, sur
l'esprit du voyageur, l'aspect de la ville par un beau
soir d'été : « Un village construit à l'européenne, groupé
autour d'une petite église dont la flèche élégante, quoique modeste, semble percer la cime des arbres qui entourent le rustique établissement; le tintement religieux
de la cloche qui sonne l'angélus, un troupeau que des
bergers ramènent des pâturages voisins, tout, jusqu'aux
bruyères qui hérissent le sol entre les troncs séculaires
de la forêt et la neige qui couvrait la campagne, éveillait
en nous ces souvenirs si chers de la patrie absente. »

Le même voyageur raconte une visite qu'il fit à une
mine de charbon dans les environs de Punta-Arenas. La
course étant longue, on prit des chevaux, et la cavalcade,
dirigée par un métis hispano-américain, se mit en route
pour gagner le gisement carbonifère. On traversa d'a-
bord une plaine qui pourrait nourrir d'innombrables
troupeaux. Puis on s'engagea dans une forêt vierge à
travers laquelle la route à suivre eût été difficile à trouver, sans l'instinct merveilleux des chiens que le guide
avait menés avec lui. Enfin l'on arriva dans une gorge
tortueuse au fond de laquelle se trouvait la mine de charbon. On n'en connaît pas l'épaisseur, mais on suppose
qu'elle s'étend sur une surface considérable. Une rivière
torrentueuse qui occupe tout le fond de la vallée roule
un nombre considérable de morceaux de charbon qu'elle
arrache à ses bords, les sème sur sa route et en entraîne
jusqu'à son embouchure. Ce furent les premiers indices
qui éveillèrent l'attention des Chiliens, qui, en remontant le cours du torrent, arrivèrent tout naturellement au
dépôt de charbon. La rivière n'étant pas navigable et la

mine étant à une certaine distance de Punta-Arenas, il est peu probable que l'exploitation en soit rémunératrice. Il y aurait plus de bénéfice à tirer du commerce avec les Patagons, qui viennent une fois par mois environ faire des échanges avec les habitants de Punta-Arenas; mais ce commerce est bien borné. Il consiste principalement en œufs d'autruche et peaux de guanaco. Par hasard, ils ajoutent quelques pièces de gibier.

De Montevideo à Valparaiso, on ne rencontre pas d'autre lieu habité que Punta-Arenas. Le voyageur est agréablement surpris, lorsque, après de longs jours d'une navigation pénible, il se retrouve en contact, au bout de l'Amérique, avec le monde civilisé. Sans doute les ressources ne sont pas abondantes, les communications avec la métropole sont rares, la vie n'est pas gaie, surtout en hiver, la société de déportés et d'aventuriers qui fait le fond de la population est peu agréable; mais enfin c'est encore la société, c'est le monde, avec ses agitations, avec ses passions, mais aussi avec ses distractions, avec ses plaisirs. D'un autre côté, Punta-Arenas étant sur la terre ferme, on est en communication avec les Patagons, braves gens au demeurant, qui fournissent les habitants de viande de guanaco, d'autruche, de vigogne, moyennant quelques poignées de farine, de feuilles de tabac et de biscuit.

Il est temps de faire connaissance avec ce peuple singulier, et nous allons transporter le lecteur dans le vaste territoire qu'il parcourt en nomade depuis tant de siècles, sans que le temps ait beaucoup modifié ses habitudes et ses mœurs.

CHAPITRE VI

LA PATAGONIE ET LES PATAGONS

Entre le Rio-Negro et le détroit de Magellan d'une part, l'océan Atlantique et le Pacifique d'autre part, s'étend une vaste surface, grande comme deux fois la France et qui ne mesure pas moins de quatre cent vingt lieues de longueur sur une largeur moyenne de cent cinquante lieues. C'est la Patagonie, ainsi appelée du nom du singulier peuple qui l'habite ou plutôt qui erre, au nombre de plusieurs milliers d'individus, sur cet immense territoire.

Je lis dans un auteur : « J'aime beaucoup les contrées dont on ne parle guère, que l'étranger ne visite pas, qu'on laisse à elles-mêmes, qui gardent pour elles leurs retraites et leurs secrets, leurs fleurs et leurs sentiments, leurs dures peines et leurs simples plaisirs. » Ces réflexions peuvent s'appliquer à la Patagonie, qui n'est guère visitée par nos touristes et qui n'a été décrite avec quelque détail que par deux voyageurs, deux savants, un français[1], il y a un demi-siècle environ, et un anglais[2], il y a quelques années seulement. Tous deux ont pénétré fort avant dans le pays et y ont séjourné un certain nombre d'années. Nous pouvons donc les suivre avec d'autant plus de confiance qu'ils sont presque toujours d'accord sur la géographie du pays et sur l'ethnographie de ses habitants.

Et d'abord donnons, d'après le voyageur anglais, une idée du pays. Lorsque, quittant Punta-Arenas[3], on se dirige vers le nord pour atteindre les bords du Rio-Negro, on rencontre d'abord des plaines arides, coupées par des broussailles, dont la monotonie n'est interrompue que par quelques ondulations à peine sensibles du sol, ou par des fissures béantes, sortes de vallées souterraines au fond desquelles coule parfois un maigre ruisseau. On n'y rencontre pas un arbre, pas une rivière; çà et là seulement quelques étangs salés. Telle est la plaine de Patagonie.

Quand on s'approche des Cordillères, le paysage change d'aspect. On remarque une série de plateaux de plus en plus élevés, de plus en plus fertiles, où le gibier abonde. Des sources d'une eau limpide jaillissent du sol; la plupart, de forme circulaire, présentent l'apparence de vasques artificielles dans lesquelles se jouent des poissons aux écailles d'argent. Les ruisseaux qui s'en

---

[1] Alcide d'Orbigny. Son *Voyage dans l'Amérique du Sud* (9 volumes in-folio) est un monument élevé à la science.

[2] M. Mursters, *At home with the Patagonions*, etc. Cet ouvrage n'a pas été, que nous sachions, traduit en français.

[3] Colonie chilienne fondée sur le détroit de Magellan, presqu'île de Brunswick.

échappent vont plus bas s'épandre en petits lacs sur lesquels s'ébattent des milliers de cygnes, de poules d'eau
et de canards.

Des arêtes rocheuses, partant de la chaîne principale
des Andes, coupent la surface unie de ces plateaux, formant dans leurs sinuosités capricieuses des vallons
étroits où les caravanes de Patagons aiment à se fixer
pour quelques jours. On dresse des tentes près du ruisseau; les chevaux rendus à la liberté vont brouter à
l'aventure; et tandis que les femmes s'occupent à ramas-
ser des broussailles pour le foyer ou à raccommoder les
vêtements de leurs époux, ceux-ci font une battue dans
les environs pour alimenter le pot-au-feu.

Rien de pittoresque comme ces collines décharnées,
bouleversées par des éruptions volcaniques, ces vallées
fuyantes à l'horizon desquelles se dressent les sommités
neigeuses de la haute montagne, ces énormes roches ba-
saltiques entassées les unes sur les autres comme pour
l'escalade du ciel, ou répandues en labyrinthes bizarres
sur le plateau. Plus d'une fois, dans ces pics ébréchés,
aux formes insolites, dont la base s'entoure d'un rem-
part de lave, l'œil croit voir d'anciens châteaux forts
tombés en ruine depuis des milliers d'années. Le climat
de la Patagonie est détestable. Les hivers y sont rudes;
l'été y compte peu de belles journées; les vents y soufflent toujours avec violence, grâce au peu de largeur des
terres resserrées entre les deux océans.

La flore et la faune sont presque nulles dans la plaine.
Seuls les bords du Rio-Negro au nord, du détroit de
Magellan au Sud, comme aussi les premiers versants de
la Cordillère, présentent plus de vie et d'animation. On

y rencontre l'éternel hêtre antarctique, les essences que
nous avons mentionnées plus haut, une sorte d'arbou-
sier dont le fruit est légèrement farineux, de chétives
épines-vinettes et quelques autres arbustes. Quant aux
animaux, nous parlerons surtout de l'autruche et du
guanaco, qui sont la providence du Patagon, qui les fait
servir à tant d'usages, soit pendant leur vie, soit après
leur mort. Mais ce sont les oiseaux surtout qui animent
ces solitudes, où ils trouvent une telle liberté qu'ils ne
songent ni à fuir ni à s'effaroucher. Qu'on en juge par
le tableau charmant que nous donne de leurs ébats le
grand naturaliste Alcide d'Orbigny. Il nous transporte
dans une campagne uniforme d'aspect, non loin des
bords du Rio-Negro. Le peu d'arbres qu'on y rencontre
sont tous plantés, et la nature y serait attristante, si un
grand nombre de petits lacs et de marais n'étaient inces-
samment vivifiés par des volées d'oiseaux de toute espèce offrant à chaque fois le gibier le plus abondant.
Dans les prairies, des troupes innombrables de pigeons
et d'oies; au bord des eaux, d'autres espèces à l'infini. Le
grand nombre de ces espèces et la multiplication de chacune d'elles feraient croire que tous les oiseaux du pôle
se sont donné rendez-vous sur le même point, où ils
vivent de la manière la plus familière. « Je ne crois pas,
en un mot, dit-il, qu'il soit possible de rencontrer nulle
part une réunion plus nombreuse. J'étais étourdi de leurs
cris divers, et l'air était continuellement agité de leurs
mouvements graves et réguliers. Des nuages de pigeons,
épouvantés par l'aigle ravisseur, y font des évolutions
rapides, se resserrant tout à coup, ou dessinant à l'horizon mille figures bizarres, pour se replier comme des

serpents; se rassemblant ensuite, pour échapper au tyran
des airs, mais en vain... La troupe ne peut avoir la paix
que lorsqu'un malheureux oiseau, saisi par les serres
acérées de l'aigle, est emporté loin de ses frères et a fait
trève, par sa mort, à la poursuite dont tous sont constamment l'objet. »

D'Orbigny, qui nous décrit ce tableau gracieux des
bords du Rio-Negro, compare nos champs, où à peine
une joyeuse alouette ose se montrer, avec ces régions
encore sauvages, où tous les êtres jouissent d'une liberté
complète, y pullulent par myriades, affranchis de toute
crainte; et il conclut que les grands centres de civilisation ont une certaine influence sur l'aspect d'un pays,
considéré sous le rapport des animaux qui l'habitent.
« Il est probable, ajoute-t-il que ces oiseaux, aujourd'hui
paisibles habitants des déserts, deviendraient fuyards et
craintifs, et même abandonneraient la contrée, si une forte
population et une civilisation avancée venaient envahir les
rives, encore aujourd'hui désertes, du Rio-Negro. »

Mais ni cette population, ni cette civilisation ne sont
près de porter ombrage à la liberté et à la félicité dont
jouissent les animaux dans les solitudes de la Patagonie
ou sur les bords riants du Rio-Negro. La population est
clairsemée sur ces immenses espaces, et les peuples nomades qui les parcourent ont des goûts simples et des
mœurs tout à fait stationnaires.

Leur nom, Patagons, ou hommes aux grands pieds,
leur a été donné par Magellan, le premier des Européens qui les a observés, le premier aussi qui nous a
transmis sur leur taille et sur la conformation de leurs
pieds des notions erronées qui n'ont pu être détruites

qu'à la longue. Leur véritable nom est Tehuelches. On applique du moins cette dénomination à ceux des Indiens qui habitent plus au sud la portion du pays comprise entre le Rio-Negro et le détroit de Magellan. On a supposé qu'ils sont une vingtaine de mille errant dans les pampas de la Patagonie. Ce que l'on sait mieux, c'est qu'ils constituent une population nomade à part, ne connaissant ni l'agriculture ni l'élève du bétail, bien différents en cela des Araucaniens, leurs voisins.

Les Patagons, nous leur donnerons désormais ce nom consacré par l'usage, se divisent en deux grandes nations subdivisées elles-mêmes en un certain nombre de tribus. Ces deux nations, vivant l'une au nord, l'autre au sud de la Patagonie, parlent la même langue, mais avec un accent différent. Elles vivent complètement étrangères l'une à l'autre et ne s'associent guère que pour la chasse et sous un chef commun, dont l'autorité n'est reconnue que pendant la durée de la chasse seulement. Les haines sont vives d'une tribu à l'autre, et rappellent celles qui existent ailleurs chez des peuples qui jouissent d'une civilisation plus avancée. Un exemple suffira pour montrer à quels excès se portent les Patagons dans les querelles qui s'élèvent parfois entre les nordistes et les sudistes de la Patagonie. Il s'agit d'une scène de *vendetta* dont fut témoin le voyageur anglais que nous citions tout à l'heure.

« Un certain matin, dit-il, j'étais assis avec la famille du cacique (c'est le nom donné aux chefs de tribus) autour du feu, déjeunant d'un morceau d'autruche bouillie, lorsqu'un cliquetis d'épées troubla soudain le recueillement des convives. En même temps je vis deux Indiens, les vêtements en désordre, l'épée à la main, sortir de la tente d'un guerrier du nord, nommé Camille, et se réfugier dans celle d'un sudiste.

« En un clin d'œil le camp fut sens dessus dessous. Chacun s'empressait de prendre ses armes et de les charger. Ici c'était un sudiste se revêtant à la hâte de sa cotte de mailles pendant que son fils aîné lui apportait sa lance; là, un nordiste qui se faisait envelopper la tête et les épaules d'une épaisse couverture de laine. Les femmes quittaient promptement leurs tentes pour se réfugier dans les buissons, hors de la portée des balles. Fort surpris, je passai à tout événement mes revolvers à ma ceinture et me rendis au *toldo* [1] de Camille. Je trouve le vieux guerrier couché mort sur son lit, ayant une large blessure au côté. L'assassin, nommé Cuastro, s'était, paraît-il, joint à l'expédition dans le seul but de venger une injure faite à l'un de ses parents par un parent de l'infortuné Camille. Il avait épié pendant près d'un mois une occasion propice, et, n'en trouvant point, il s'était décidé à en finir par un coup d'éclat.

« Quand je sortis du toldo, la bataille avait commencé. Les deux partis rivaux, éloignés à vingt pas l'un de l'autre, déchargeaient rapidement leurs fusils et leurs revolvers. Puis, sans se donner le temps de recharger, les combattants, pâles de rage les yeux étincelants, s'attaquèrent à l'arme blanche, en poussant des cris féroces. Trois ou quatre sudistes étaient déjà tombés. Cuastro, l'assassin, tomba à son tour, criblé de balles et la poitrine traversée d'un coup de lance. A peine avait-il tou-

---

1 Nom de la tente des Patagons.

ché le sol qu'il se releva; par un effort suprême, il se dressa de toute sa hauteur et s'écria en regardant le chef : « Je meurs comme j'ai vécu. Aucun cacique ne « me donnera des ordres! » Puis il retomba sur le sol.

« Sa femme était restée sur le lieu du combat. Voyant tomber son époux, elle accourut en poussant des cris. Alors les hostilités furent suspendues, et le frère du cacique en profita pour proposer la paix. Sur sa demande, on convint de se remettre immédiatement en marche. On supposait que les passions excitées auraient le temps de se calmer. On rappela les femmes, et, pendant qu'elles étaient occupées à plier les tentes, les hommes se mirent à rechercher les chevaux. Deux heures après, les morts étaient ensevelis, et la tribu avait repris sa course dans le désert. »

Quelle scène à défrayer l'imagination d'un Walter Scott ou d'un Cooper!

La rive méridionale du Rio-Negro est le rendez-vous général des tribus du nord. C'est là qu'elles se rencontrent en automne, saison qui correspond à notre printemps, pour renouveler leurs traités d'alliance et délibérer sur la conduite à tenir à l'égard des Espagnols. Ceux-ci occupent, de l'autre côté du Rio-Negro et près de son embouchure la petite ville fortifiée de Carmen. Ce voisinage n'est pas favorable aux Patagons, en ce qu'il introduit parmi eux l'usage et même l'abus des liqueurs fortes et dans leur langue quelques mots qu'ils lient entre eux, à l'aide d'une syntaxe tout à fait rudimentaire. Et à ce sujet on a remarqué que, si les Patagons ont une grande facilité pour s'assimiler les langues américaines, ils estropient outrageusement les langues néo-

latines, notamment l'espagnol. L'infinitif joue un grand
rôle dans la construction de leurs phrases, et pour dire,
par exemple, qu'ils n'ont pas une certaine chose, ils se
contentent de ces deux mots : *no tener*. D'une femme
méchante et tracassière ils disent qu'elle est *méchante
comme du piment* (prava como aji). Pour représenter la
puissance du grand chef de leurs tribus, ils disent qu'il
est *aussi puissant que la terre est grande* (caciqué grande
como tierra larga).

L'organisation des tribus patagones est fondée sur un
plan non moins primitif et tout à fait patriarcal. Composées chacune de trente à quarante familles, elles errent
sur les vastes plaines de l'Amérique australe « comme
les restes d'un grand naufrage ». Chaque famille a sa
tente ou *toldo,* et la réunion des toldos de chaque tribu
forme ce qu'on appelle une *tolderia*. On comprend qu'il
faut de grands espaces à ces tribus qui vivent presque
exclusivement du produit de la chasse. On n'a jamais pu
estimer le nombre des individus composaant la nation entière, et les appréciations numériques varient depuis dix
mille jusqu'à vingt mille. Mais en s'arrêtant même à ce
dernier chiffre, on voit qu'il faut environ trois lieues
carrées pour nourrir deux habitants. En France, la même
superficie on nourrirait plusieurs milliers.

Le toldo est construit à l'aide de peaux de cheval ou
de guanaco étendues sur des pieux plantés en terre. Une
ouverture pratiquée au faîte de la tente laisse un passage pour la fumée; mais le plus souvent le toldo n'a
qu'une ouverture qui sert à la fois de porte, de fenêtre
et de cheminée. L'aspect extérieur en est misérable, et
l'intérieur plus misérable encore. Au milieu, sur quel-

ques pierres, se dresse le feu destiné à cuire les aliments. En guise de coupes, les Patagons se servent
d'une coquille marine du genre des volutes. A un pi-
quet sont suspendues les armes offensives et défensives,
les bolas pour la chasse et les bolas pour la guerre. Ailleurs on voit le chapeau du chef, en cuir, garni de pla-
ques de métal pour garantir la tête, les selles massives,
les sachets de peau pour renfermer les bijoux. Sur le
sol sont étendues des peaux de guanaco servant de litière,
ou plutôt ce sont leurs manteaux eux-mêmes qu'ils étendent sur le sol quand ils veulent se reposer. La malpropreté est générale sur les individus comme sur les objets;
mais cette malpropreté elle-même n'est pas indigne d'intérêt. « On aime tant, dit un voyageur, à saisir les moindres
nuances qui distinguent l'homme sauvage de l'homme civilisé! Tout intéresse alors, et l'objet dont on détournerait
la vue avec dégoût au sein de la civilisation, frappe chez
les sauvages; on veut deviner l'usage du moindre objet,
avant même de faire la première question[1]. »

Les toldos des chefs ou caciques sont naturellement
un peu plus ornés que les autres, et leurs personnes
plus richement vêtues. On sait que les Patagons n'ont
guère pour tout vêtement que leur grand manteau de
peau de guanaco, dont le poil est tourné en dedans, tandis que le dehors est illustré de dessins bizarres, mais
très réguliers et toujours formés de lignes droites. Ils
retiennent ce manteau par devant à l'aide d'une épingle
ou d'une agrafe d'argent. Les plus pauvres se contentent
d'un os d'autruche ou de guanaco.

1 D'Orbigny.

Cette malpropreté que nous signalions tout à l'heure
sur la personne des Patagons peut provenir de l'usage
de l'ocre jaune, dont ils se badigeonnent tout le corps,
moins, dit-on, pour le parer que pour le préserver,
par un enduit protecteur, des intempéries des saisons.
Quoi qu'il en soit et de cet usage et de la malpropreté
des Patagons, c'est une belle race que la leur, belle,
vigoureuse et saine. Et c'est ici le lieu de parler de leur
stature, de tout temps exagérée par les voyageurs qui
ont étudié superficiellement ces pays. On est étonné de
la persistance avec laquelle a duré le préjugé qui a at-
tribué aux Patagons la taille des géants de la Fable.

La vérité est que cette taille, pour être élevée, n'a
rien de surhumain. Alcide d'Orbigny, qui a vécu longtemps au milieu des Patagons et qui les a souvent mesu-
rés, n'accorde pas au plus grand plus de six pieds de haut
(près de deux mètres), et à tous une taille moyenne de
cinq pieds cinq pouces (un mètre soixante-quinze centimètres), ce qui n'a rien d'exagéré assurément. Mais,
et c'est là une remarque qu'ont faite tous les observa-
teurs sérieux, ce qui peut les faire paraître plus grands
qu'ils ne le sont réellement, c'est d'abord la largeur de
leurs épaules, puis la manière dont ils se drapent dans
leur manteau. Un autre[1] a remarqué qu'ils paraissent
plus grands, assis ou à cheval, que debout. « Un jour,
dit-il, que j'étais en affaire avec un cavalier patagon,
celui-ci, en homme bien élevé, mit pied à terre et m'offrit
sa monture pour parcourir la petite distance qui nous
séparait de la mer. J'acceptai l'offre qui, à défaut de

[1] M. de Rochas.

paroles aimables, m'était faite par des gestes aussi in-
telligibles que galants. En examinant à côté de moi le
cavalier qui avait mis pied à terre, je fus frappé d'une
chose : il ne me semblait plus avoir affaire au même
homme; tout à l'heure je croyais m'entretenir avec une
sorte de géant, et maintenant j'avais à côté de moi un
homme d'une belle taille assurément, mais qu'il ne
m'était pas possible d'évaluer à plus d'un mètre quatre-
vingts centimètres. L'explication ne fut pas très difficile à trouver. Le tronc, chez ces gens, est très dé-
veloppé relativement aux jambes, en sorte que leur
stature paraît bien différente suivant qu'ils sont assis ou
debout. »

Pour en finir avec le signalement des Patagons, ajoutons qu'ils ont la tête grosse, un peu aplatie en arrière,
la face large et carrée, à pommettes peu saillantes,
comme celle des Norwégiens; qu'ils ont, au contraire,
l'arcade sourcilière très proéminente, ce qui donne à
leur regard quelque chose de sombre et de farouche. A
tout prendre, l'ensemble n'en est pas des plus agréables,
et on comprend l'espèce de terreur qu'ils ont produite
sur l'imagination de ceux qui les ont vus pour la première fois. Les jeunes gens et surtout les jeunes femmes
donnent des traits de leur visage une idée plus avantageuse. Les cheveux, que les hommes laissent flotter sur
leurs épaules, contribuent à leur donner quelque chose
de repoussant ; les femmes, en les séparant en deux
nattes, tirent meilleur parti de cet ornement naturel.
La coquetterie, qui leur est naturelle, leur fait rechercher les bijoux, dont les hommes eux-mêmes ne rou-
gissent pas de se parer, surtout les chefs, qui croient

par là accroître le prestige de la dignité dont ils sont
revêtus. On en voit qui ont autour du cou une chaîne
d'argent d'un travail exquis, et cette chaîne est souvent
accompagnée d'un médaillon de la sainte Vierge.

Au moral comme au physique, les Patagons sont une
race vigoureuse et l'on peut dire saine. Rien ne décèle
en eux des habitudes barbares, encore moins une disposition au cannibalisme, comme les en a accusés Pigafetta et d'autres voyageurs anciens, à moins que ces
mœurs ne se soient profondément modifiées. Au contraire, ils paraissent bons, généreux, hospitaliers,
fidèles à leur parole et d'une probité qui ne se dément
qu'à l'égard des Espagnols, leurs voisins, qu'ils considèrent comme leurs ennemis naturels, et qu'à ce titre
ils croient avoir impunément le droit de tromper et
même de voler à l'occasion.

Comme les races jeunes, les Patagons sont enclins au
mensonge, au moins dans les petites choses et pour leur
amusement; c'est pour eux un passe-temps agréable et
un moyen de se divertir. Cette tendance existe surtout
chez les jeunes gens. Un voyageur raconte qu'un jour il
en vit accourir un tout essoufflé lui dire qu'après la
chasse une dispute venait d'avoir lieu parmi les membres
de la tribu, et qu'à la suite de la querelle on en était
venu aux coups de lance, tant et si bien que plusieurs
amis du voyageur étaient morts. Toutes les circonstances
paraissaient vraisemblables, les détails étaient précis.
Le voyageur se leva en hâte et courut au camp, qu'il
trouva parfaitement tranquille. Il n'y avait pas un mot
de vrai dans le récit du jeune Patagon; mais il n'avait
voulu que jouer un tour au voyageur; il mentait pour

le plaisir de conter quelque chose : c'était un menteur inconscient. De là à inventer, de parti pris, des
fables pour amuser la galerie, il n'y a qu'un pas, et en
cela les Patagons sont les émules des Orientaux. C'est
surtout après la chasse, et lorsqu'ils sont réunis autour
d'un bon feu, qu'ils aiment à donner carrière à leur
imagination fertile en inventions. La cité enchantée, la
ciudad encantada, joue surtout un grand rôle dans leurs
récits fabuleux. C'est ainsi qu'ils aiment à raconter qu'un
jeune Indien, s'étant un jour égaré à la chasse dans une
forêt, arriva dans une vaste clairière cultivée par les mystérieux habitants de la ville enchantée. L'un d'eux s'em-
pare de lui, lui bande les yeux et l'entraîne avec lui par
monts et par vaux, avec une rapidité vertigineuse.
Arrivé aux portes de la ville, on lui enlève le bandeau,
et il peut contempler la merveilleuse cité, toute res-
plendissante de l'or et des diamants qui ruissellent sur
sa façade. Par une faveur toute particulière, il put là
contempler sans mourir, car beaucoup avant lui avaient
joui du même avantage, mais n'étaient pas revenus. De
retour parmi les siens, le jeune homme put raconter les
merveilles de la cité enchantée. Ce thème admis, on
sent que le conteur est à l'aise pour imaginer toutes
sortes d'incidents. On dirait même que le génie des Mille
et une Nuits s'est égaré un beau jour, ou plutôt une belle
nuit, dans les pampas de la Patagonie.

C'est surtout pendant l'hiver, quand les pampas sont
couvertes de neige, et que, renfermés dans leurs toldos,
autour du feu, les femmes cousent des peaux de guanaco
tandis que les hommes tressent leurs lazos, c'est alors
que le plus ancien charme les heures de la veillée par

des récits fantastiques. D'autres charment le travail par
des chants d'une tristesse infinie qu'ils accompagnent
d'une musique plaintive, à l'aide d'instruments tout à fait
primitifs. Ils ont une sorte de flûte faite d'un tibia de
guanaco, et un violon grossier composé d'un boyau des-
séché et tendu sur un morceau de bois.

Il ne faudrait pas conclure de la tristesse de leur musique à la tristesse de leur âme. Les Patagons sont un
peuple naturellement gai, et leur gaieté a pour cause
leur santé robuste ou leur sobriété naturelle. Ils aiment
à rire et volontiers ont l'esprit ouvert aux idées enjouées.
Ils aiment le jeu, même les jeux de hasard, et s'adonnent
à ces derniers avec une sorte de fureur. Mais ils connaissent des jeux plus innocents dans lesquels l'adresse
et la force entrent pour égale part. Celui qu'ils appellent
pilma a surtout pour eux un attrait particulier. Le grave
et savant d'Orbigny ne craint pas de nous en faire la
description, aussi bien qu'il nous décrirait un fossile
des temps antédiluviens. Les jeux sont une des formes
de l'activité humaine, et en même temps ils nous révèlent une des faces de la physionomie, un côté du
caractère; un voyageur, en un mot, ne doit pas négliger
les jeux dans l'étude des pays qu'il visite. Voici donc
comment d'Orbigny nous décrit le pilma, qui ressemble,
à quelques égards, à notre jeu de balle :

« Les joueurs se rangent sur deux lignes, vis-à-vis
les uns des autres. Chaque camp a un champion muni
d'une balle qu'il tient, l'un dans la main droite, l'autre
dans la main gauche. A un signal donné, ils jettent ensemble leur balle, non devant eux, mais derrière, de
manière que, pour qu'elle revienne librement en avant,

ils doivent immédiatement lever la jambe gauche. Ils re-
çoivent la balle dans la main[1] et la renvoient à l'adversaire,
qu'ils doivent toucher, sous peine de perdre un point.
L'adversaire, pour éviter la balle, fait mille contorsions
qui font rire les spectateurs. Si la balle sort du cercle
sans l'avoir atteint, le joueur qui l'a lancée perd deux
points, et en sort lui-même pour l'aller chercher. Si, au
contraire, l'adversaire est touché, il faut qu'il saisisse la
balle et la renvoie au premier joueur, qu'il doit aussi
frapper sous peine de perdre une marque; puis c'est à
celui qui suit, du côté opposé, à recommencer le même
jeu. Les Indiens déploient au jeu de pilma la joie bruyante
des écoliers. » La balle est, comme on voit, un jeu de tous
les pays, et c'est ainsi que d'Orbigny l'a trouvé, un peu
modifié, dans la province de Chiquitos, en Bolivie.

Un jeu qui semble une importation anglaise, ce sont
les combats de coqs, sur lesquels s'établissent des paris,
absolument comme en Angleterre. Quand deux tribus se
rencontrent, on organise des jeux de cette nature, après
une fantasia brillante, genre de spectacle qui rappelle
une coutume arabe. Les Patagons, dont la vie se passe
en grande partie à cheval, sont d'excellents cavaliers.
Quand deux tribus sont à peu de distance l'une de l'autre,
ce qu'indique la fumée qui s'élève de leurs campements
respectifs, qu'on alimente à l'aide d'herbes fraîches afin
de la rendre plus épaisse, elles s'envoient réciproquement des messagers appelés *chasquos*. Ceux-ci venant à
se rencontrer, font connaître le nom de leurs tribus res-
pectives, le chiffre de leurs soldats. Tous deux repartent

---

[1] On a quelque peine à se rendre compte d'un tel mouvement et du retour de la balle en avant.

ensuite et vont ensemble porter au plus puissant des
deux caciques des nouvelles de leurs voisins. Arrivé près
du campement, le chasquo étranger est reçu par un es-
cadron qui l'escorte jusqu'au toldo du chef. On le fait
asseoir, puis on procède à un long interrogatoire sur la
tribu à laquelle il appartient. Après quoi on se livre à un
long et copieux repas, à la différence des mœurs homé-
riques, où l'on voit l'étranger d'abord bien accueilli, bien
fêté, bien nourri et interrogé seulement à la fin du festin sur son nom, sur sa patrie et sur les événements qui
l'amènent.

Le cacique de l'autre tribu, ne voyant pas revenir son
chasquo, comprend ce que cela veut dire. Il fait partir
devant les femmes et les bagages. Puis, montant à cheval
avec ses guerriers, il se dirige vers la colonne de fumée
qui lui indique la présence de son puissant rival. Quand
il est arrivé en présence du toldo du cacique, il fait halte
et range sa petite troupe. Les deux caciques échangent
des otages, puis la fantasia commence. La plus petite
des deux troupes se forme par pelotons, pour faire le
tour de l'autre, en poussant des cris de joie et en faisant
des décharges de mousqueterie.

Après, vient le tour de la tribu adverse. A la suite de
ces manœuvres, les deux caciques s'avancent l'un vers
l'autre, en présence de tous, se donnent une poignée de
main et s'adressent de longues harangues.

La naissance des enfants est accompagnée de cérémonies à la fois bizarres et touchantes, pendant lesquelles
les hommes exécutent des danses grotesques. Et, à ce
sujet le voyageur auquel nous empruntons ces traits de
mœurs se demande d'où vient que chez les peuples sau-

vages la danse est le privilège des hommes, qui regarderaient comme inconvenant de la permettre aux femmes; tandis que, dans les sociétés plus civilisées, elle paraît être leur apanage à peu près exclusif. Il y a des bizarreries dans les usages locaux; mais il ne faut pas oublier que la danse, dans l'antiquité, comme chez quelques peuplades modernes, fait partie des cérémonies du culte, et que le plus souvent elle consiste en une sorte de marche cadencée et rythmée, qui n'a nul rapport avec les contorsions plus ou moins grotesques de nos danses modernes.

On comprend que, chez les Patagons, l'instruction des enfants est nécessairement bornée. Pour un peuple chasseur et nomade, les idées gravitent autour de deux points essentiels, la chasse et le vent. En d'autres termes, le besoin de se nourrir et de s'abriter, dans un pays immense et sous un ciel parfois peu clément, ne crée d'autres besoins intellectuels que ceux qui ont trait à ces deux grandes occupations de la vie du Patagon. L'enfant sera donc élevé dans l'ignorance de toutes choses, et le peu de litttérature (les nations les moins civilisées n'en sont pas absolument dépourvues) qui lui sera enseignée consistera dans ces récits oraux, longues et interminables légendes où l'imagination du conteur se met en frais d'invention. D'ailleurs, à peine l'enfant est-il devenu un garçon assez habile pour distinguer sa main droite de sa main gauche, qu'on lui met un cheval entre les jambes, qu'on l'arme du lazo et qu'on le mène à la chasse de l'autruche ou du guanaco. On le regarde dès lors comme émancipé. Son père n'est plus pour lui qu'un tuteur. Les jeunes filles, on le conçoit sans peine, sont munies d'une instruction encore plus rudimentaire et à

peine sont-elles sevrées qu'on leur met entre les mains
des aiguilles et des peaux de guanaco.

La chasse, voilà la véritable école du jeune Patagon,
et la seule occupation d'un peuple qui, ne pratiquant pas
l'élève du bétail, ni la culture des champs, ni la pêche,
est obligé de chercher sa subsistance dans les hasards
de la chasse. Comme le territoire patagonien est vaste,
les tribus peu nombreuses, elles ne craignent pas de se
gêner dans leurs courses à travers le désert pampéen.
Ces courses les conduisent souvent au pied de la Cordillère des Andes. Là, la chasse prend un autre caractère.
Elle est plus pénible et plus dangereuse : plus pénible,
parce qu'il faut gravir des rochers pour parvenir aux
plateaux supérieurs; plus dangereuse, parce que ces
hauteurs sont habitées par des bêtes fauves appartenant
à la terrible famille des félins.

Le jour de la chasse est annoncé d'avance. Ce jour-là,
dès l'aurore, le cacique réveille tout son monde par un
cri particulier. Quand tous les chasseurs sont réunis autour de lui, à cheval et munis de leurs armes, il leur ex-
pose le programme du jour, indique l'ordre de marche
et le lieu du rendez-vous, désigne ceux qui partiront les
premiers et ceux qui devront former l'arrière-garde. Il
excite les plus jeunes en leur racontant, dans la première heure de marche, les exploits du temps passé.

Les femmes suivent avec les bagages. Ce sont elles qui
ont été, dès le point du jour, chercher les chevaux à la
pâture, qui les ont sellés et bridés, enfin qui ont chargé
les bêtes de somme. Tout le cortège forme une longue
file qui servira de base au cercle dans lequel les chasseurs se proposent d'enfermer le gibier.

Quand la dernière bête de somme a quitté le campement, les hommes font un feu, s'accroupissent autour et
allument leurs pipes; mais, chose curieuse, au lieu de
présenter leur visage au brasier, ils lui tournent le dos,
et cela pour mieux observer ce qui se passe dans la
plaine, et n'être surpris ni par les hommes ni par les
animaux. Ce qui prêterait à rire chez nous est l'effet
d'un grand sens et d'un instinct profond.

Cependant, sur un signe du cacique, deux guerriers
partent au galop, et, arrivés à la distance convenue, ils
allument un autre feu. Alors du campement s'élancent
deux autres chasseurs dans la direction des premiers,
qui dépassent ceux-ci dans une certaine direction et
vont allumer un troisième feu à un point déterminé.
Ainsi de suite, de manière que les feux forment comme
un cercle immense dans lequel on chassera l'animal.
Notez que le terrain a été choisi, étudié d'avance, qu'il
est couvert de broussailles propres à faire du feu, que
les plis du terrain, où croît un peu d'herbe, cachent
quelques troupeaux de vigognes ou de guanacos, qu'enfin, à défaut d'autruches, peut-être trouvera-t-on ces
nids où elles couvent jusqu'à soixante œufs, bonne récolte
pour la ménagère.

Le cercle formé, la bataille commence. Les chasseurs,
prenant les lignes de feu comme base d'opération, s'avancent vers le centre, deux à deux, l'un ramassant le gibier que l'autre a tué. Il s'agit évidemment ici du menu
gibier que l'on rencontre également dans ces contrées
et que l'on tue à coups de fusil. Quant au gros gibier,
autruche ou guanaco, c'est avec la bola qu'on le chasse.
Cette arme, si utile dans la vie du Patagon, qui, dès

ses plus jeunes années, apprend à s'en servir, se compose d'une longue corde terminée à chaque extrémité par une boule de pierre ou de métal (de là le nom de *bola*) enfermée dans un sac de cuir. Quelquefois la corde se termine par trois bolas, qui s'y rattachent par trois courroies secondaires. Ces courroies sont faites de la peau la plus souple du guanaco, la corde du fil le plus léger et à la fois le plus solide et le plus fort [1].

Nous avons déjà décrit plus haut la chasse à l'autruche et au guanaco, chasse pleine d'intérêt et pour laquelle, on le comprend, les Patagons ont une véritable passion. Quand un chasseur a découvert un guanaco ou une autruche, il se lance à sa poursuite au grand galop, et, arrivé à une certaine distance de l'animal, il jette sa bola de manière à enrouler la corde autour du cou ou des jambes de l'animal, qui tombe à moitié étranglé. Son camarade, qui le suit toujours de près, descend de cheval, tire son couteau de chasse et égorge la bête. Si celle-ci est un jaguar, ou toute autre bête fauve dont il serait dangereux de s'approcher, on l'assomme à distance à coups de bola.

Les Patagons déploient une grande dextérité dans le maniement de la bola. On en a vu la lancer à quatre-vingts à cent pas, au galop du cheval, et rarement à cette distance ils manquent leur but.

Le gibier une fois tué, on l'écorche, on le dépèce séance tenante. On met à part les morceaux qu'on doit rapporter au camp pour les femmes et ceux qui sont restés à leur garde; puis on allume un feu et on fait

[1] Voir plus haut la description que nous avons donnée du *lazo*.

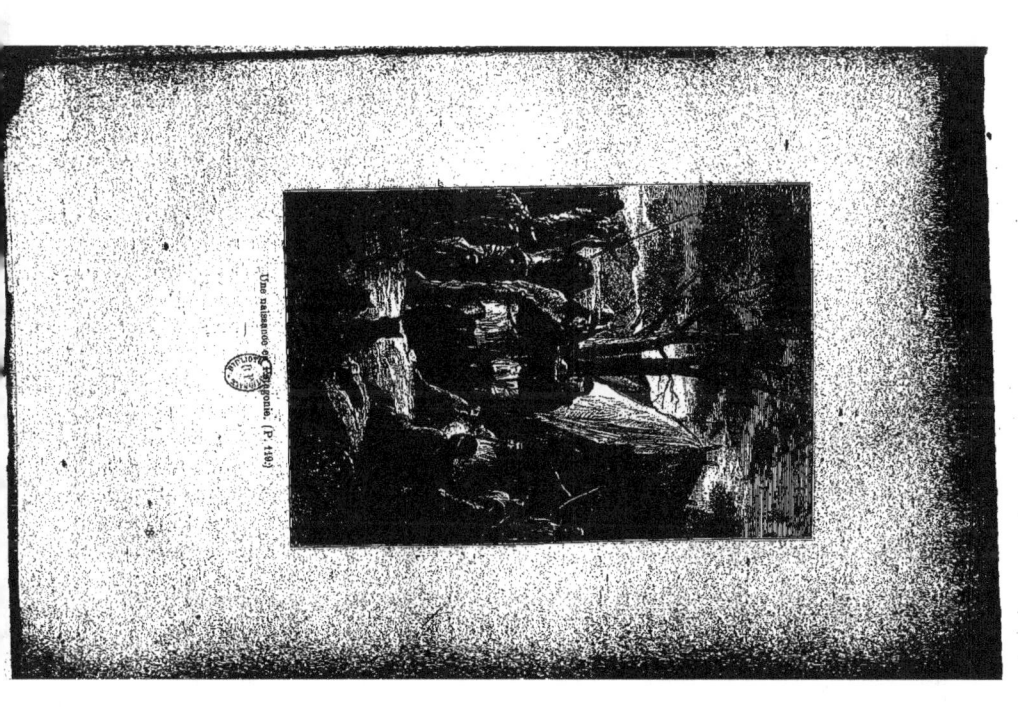

Une naissance en Patagonie. (P. 119.)

rôtir le reste, pour le manger avant de se remettre en selle.

Quand le temps leur manque pour faire du feu ou que la faim les presse, ils mangent toutes crues certaines parties de la bête, le cœur et le foie, par exemple; et, pour le dire en passant, en règle générale, le Patagon préfère la viante cuite; mais, à son défaut, ils satisfont leur faim en dévorant de la viande crue.

La chasse au lion puma (c'est le nom que l'on donne encore au couguar) ne serait pas sans danger pour des hommes moins habitués au maniement du fusil et surtout de la bola. Le puma, timide d'ordinaire, s'irrite en effet et devient furieux quand on le poursuit. Il se retourne alors, s'accroupit et attend que le chasseur soit à portée pour l'accueillir avec ses griffes acérées et sa formidable mâchoire. Mais, au moment où il se prépare à bondir sur son ennemi, la bola arrive en sifflant, l'atteint et s'enroule vivement autour de lui. Le voilà garrotté comme un malfaiteur. Avant qu'il ait le temps de revenir de sa surprise, un nouveau sifflement se fait entendre, et une seconde bola lui brise le crâne. Aux abords de la montagne, sur les premières pentes du versant des Andes, où l'herbe commence à devenir épaisse, se trouvent des troupeaux de taureaux sauvages qu'il est encore plus dangereux de chasser; aussi les Patagons ne s'y exposent-ils que très rarement. Et, à ce sujet, ils ont une croyance bizarre dont nous parlerons plus loin et qui expliquerait leur peu de goût pour chasser le taureau, quand d'ailleurs cette chasse ne présenterait pas de réels dangers.

Le feu que les chasseurs allument, on peut le dire, à tout bout de champ, occasionne parfois de terribles in-

cendues. Qu'on se rappelle nos incendies des Landes
allumés par imprudence ou par une main criminelle.
M. Munters raconte qu'un jour, un jeune Anglais chassant avec une tribu d'Indiens patagons dans une vallée
où l'herbe était haute, un vent impétueux s'éleva. Il se
trouvait dans le centre du cercle des chasseurs, ceux-ci
occupés à écorcher des guanacos en compagnie de trois
ou quatre Indiens. Ni lui ni ses compagnons ne firent
attention à un incendie qui se développait rapidement
autour d'eux. Quand ils s'en aperçurent, il était presque
trop tard pour songer à fuir. Ils se hâtent d'abandonner
leur besogne à moitié faite, sautent en selle et s'élancent
au galop vers le point du cercle où la fumée leur paraît
le moins épaisse. Le manteau sur les yeux, la respiration
suspendue, ils s'enfoncent dans le sombre nuage. Mais
bientôt leurs montures, en se cabrant, les avertissent
qu'il est impossible d'aller plus loin. Une barrière de
flammes gigantesques leur barre en effet le passage. Leur
position devenait critique. Éperdus, à demi suffoqués,
ils rentrent dans le cercle qui se rétrécit avec une rapidité
effrayante, et se mettent à galoper en tout sens, cherchant
partout une issue qu'ils ne peuvent trouver nulle part.

Le jeune Anglais croyait sa dernière heure venue. Soudain un cri de joie se fait entendre. Il écarte son manteau et voit son compagnon filant à travers la fumée le
long d'un pli de terrain sablonneux où l'herbe, plus
rare qu'ailleurs, achevait de se consumer. Aussitôt il
enfonce ses éperons dans les flancs de sa monture, qui
bondit en soulevant des tourbillons d'étincelles et l'entraîne hors du cercle fatal, ne laissant d'autres traces
de cette journée que quelques brûlures sans gravité.

Après la chasse, et le repas achevé, les plus jeunes se groupent autour du plus vieux pour entendre les histoires d'autrefois, la chasse des animaux fabuleux, les dangers courus pour délivrer les malheureux menacés de tomber dans leurs griffes. Comme le relais de chasse est souvent la lisière d'une forêt ou près de la montagne, le caractère sauvage des lieux, le silence de la montagne, la détonation de quelque volcan ignoré, la chute d'une avalanche de pierres, tout concourait à augmenter la terreur excitée par les récits merveilleux du Nestor de la chasse. M. Munters lui-même, l'homme civilisé, ne pouvait pas toujours se défendre d'une crainte superstitieuse quand, au moment où le narrateur parlait, en baissant la voix, des habitants mystérieux des Cordillères, on entendait dans le lointain des bruits étranges, inexplicables, voix d'hommes ou sons de cloches.

Cet amour du merveilleux, ce besoin de conter, bien d'autres traits encore, rappellent les mœurs arabes, et involontairement on est amené à comparer deux races très différentes et habitant deux contrées bien distantes l'une de l'autre. Serait-ce que la vie nomade sur de vastes espaces entraîne les mêmes mœurs, les mêmes habitudes? Ajoutons que le morcellement des deux nations en tribus fondées sur le régime patriarcal a pour effet d'introduire, de part et d'autre, les mêmes idées de communauté, la même manière d'envisager les devoirs sociaux; que le pouvoir despotique du père de famille, le mépris de l'homme pour la femme, livrée aux travaux les plus durs et les plus pénibles, tandis que celui-là, sans cesse à cheval, ne connaît d'autres occupations que la chasse et la guerre, tout cela établit néces-

sairement des points de comparaison entre le nomade de
l'Arabie ou des déserts africains et celui des pampas de
la Patagonie. Mais là s'arrête la ressemblance. D'ailleurs, que de divergences! Et d'abord la nourriture introduit une profonde dissemblance entre les deux races.
Tandis que l'Arabe, nous parlons naturellement de la
masse de la nation, vit presque exclusivement de dattes
sèches, de laitage et de café, le Patagon se gorge de
viande, et l'on voit tout de suite les influences de cette
double alimentation, toute végétale d'un côté, fortement
animalisée de l'autre, sur le tempérament, les aptitudes
physiques des deux peuples. L'Arabe est maigre, son
corps émacié rappelle celui des anachorètes, sa sobriété
égale celle des cénobites; le Patagon, qui n'est sobre
qu'à son corps défendant, est grand, fort, robuste. Sa
voracité est proverbiale; elle a été, suivant les chroni-
queurs, jusqu'à manger ses semblables.

La langue établit des différences tout aussi radicales
entre les deux peuples. Comparez l'idiome pittoresque,
en quelque sorte musical, de l'Arabe, avec la langue so-
nore, mais gutturale, rocailleuse et dure du sauvage
pampéen, et vous verrez que les ressemblances ne sont
ici qu'extérieures, toutes superficielles. Enfin, l'absence
d'un code religieux et d'une littérature nationale trace
entre eux une ligne de démarcation plus profonde encore. L'Arabe a une religion telle quelle, mais parfaitement définie, avec ses croyances, son culte et sa morale.
Le Patagon a des croyances, sans doute, mais si vagues
et si flottantes, qu'on s'est demandé s'il avait une religion. En tout cas, il est l'esclave de superstitions grossières dont on ne peut nier l'existence, car elles se tra-

hissent dans les actes les plus importants de sa vie. Nous
allons faire connaître les principales, celles qui se rattachent aux trois époques de l'existence : la naissance, le
mariage, la mort.

Et d'abord la naissance. Quand un enfant est né, toute
la tribu est en fête. Ce sont partout des cris de joie accompagnés de coups de fusil. On fait venir le sorcier, qui, le
plus souvent, est un pauvre idiot que l'on respecte et que
l'on craint d'autant plus qu'il semble déshérité et comme
destitué de tout secours. Il n'est pas rare de voir ailleurs,
même dans des pays plus civilisés, l'idiotisme érigé à la
hauteur d'une institution. Le sorcier patagon, mandé pour
la circonstance, commence par se couvrir le corps d'une
couche de craie; puis, ceci est plus sérieux, il prend
un poignard et se fait deux légères incisions, l'une au
front, l'autre au bras. Ainsi accoutré et défiguré, il se
rend au toldo du nouveau-né, où il est accueilli par les
cris frénétiques de la foule assemblée. On se presse autour de lui; mais lui, d'un geste, impose silence à tous et
commence un long discours à la fin duquel il ordonne la
construction du « joli toldo » qui doit recevoir le nouveau-né, et à l'ombre duquel la mère et l'enfant doivent
reposer pendant quelques jours. Aussitôt les femmes se
mettent en devoir d'obéir au sorcier. Elles découpent des
peaux de guanaco ou d'antilope, pendant que les jeunes
gens vont cueillir dans le bois voisin des perches pour
soutenir la couverture du toldo. Il les dresse au milieu
du camp; les hommes promènent trois fois la couverture
autour des perches en chantant les joies de l'existence,
tandis que leurs compagnes font retentir la plaine de
leurs gémissements. Ainsi, cris de joie d'un côté, plaintes

et larmes de l'autre, c'est au milieu de ces manifestations diverses que l'enfant fait son entrée dans la vie, comme si on voulait l'avertir que la peine et le plaisir l'attendent dans ce monde, et que, si la vie est un bien, en définitive, il aurait aussi bien fait de ne pas voir le jour.

Cependant la couverture est déployée et tendue sur les perches. Devant la porte sont plantées des lances ornées de banderoles, de clochettes et de cymbales d'airain, qui font, au souffle de la brise, un joyeux carillon.

Quand le « joli toldo » est ainsi préparé et disposé, on y transporte la mère et l'enfant en grande pompe, c'est-à-dire en poussant des cris, des hurlements entremêlés de rires et de chansons.

Le cacique envoie chercher quelques juments bien grasses et de tendres poulains. On les assomme d'un coup de bola; le roi du festin, nommé par le cacique, les égorge, et le sang est précieusement recueilli dans des pots de fer. Tout cela s'accomplit au milieu des cris et des coups de fusil.

Ces victimes sont offertes pour conjurer le mauvais esprit et l'éloigner du nouveau-né. On les dépèce et on distribue les morceaux aux convives, en sorte que, comme dans les festins d'Homère, personne n'a à se plaindre de la part qui lui est échue. C'est la seule joie qui doit régner dans cette intéressante partie de la cérémonie, et avec la joie l'oubli des querelles, au moins pour un jour.

Le soir venu on se rassemble de nouveau autour du toldo de l'enfant; les enfants vont chercher du bois dans la forêt, en font comme un immense bûcher et y mettent le feu. On voit le goût qu'ont tous les peuples pour les feux de joie, quand ils ne connaissent pas les feux d'artifice. Les hommes d'un côté, les femmes de l'autre, s'asseyent autour du feu, et, à un signal donné, quatre Indiens entrent dans le cercle accompagnés de trois mu-siciens portant, l'un une cymbale, l'autre une flûte, le troisième une sorte de violon.

En ce moment, tous se taisent, et la danse commence au son du bizarre orchestre que nous venons de décrire. On s'est demandé pourquoi, chez un grand nombre de peuples sauvages et même de peuples anciens, les hommes participent seuls à la danse, à l'exclusion des femmes, tandis que, chez nous et dans les temps modernes, la danse est naturellement l'apanage du sexe, qui y déploie plus de grâce et de souplesse.

La nuit met fin à ces réjouissances mêlées de larmes, et le lendemain chacun retourne à ses travaux et à ses occupations.

Voyons maintenant le mariage. On se marie de bonne heure chez les Patagons. Le plus souvent, les unions sont arrangées d'avance, et, comme on dit chez nous, ce sont presque toujours des mariages d'inclination. Dans cette vie de tribus, les jeunes gens ont eu le temps de se con-naître, et les parents contrarient rarement le choix de leurs enfants. La fortune, qui joue un si grand rôle dans nos transactions matrimoniales, n'exerce aucune in-fluence dans les mariages entre Patagons, et le plus riche de la tribu n'est pas nécessairement le plus recherché. Lorsqu'un jeune homme est agréé par une jeune fille, il charge un de ses amis d'aller présenter sa demande aux parents et de leur offrir des cadeaux pour sa fiancée. Elle est interrogée par eux, et, si le prétendant est ac-cepté, son futur beau-père va le trouver et lui porter des présents équivalents à ceux qu'il a reçus. Tandis que le jeune homme s'habille en grande pompe pour assister à la cérémonie, la mère de la future avec ses amies disposent le toldo des fiancés, qui sera la demeure des époux. Tous les parents sont mandés, ainsi que les devins, dont la présence est indispensable dans toute réunion importante. Ils commencent par donner des conseils et des avertissement aux jeunes époux, puis se mettent à danser autour du toldo en s'accompagnant d'une sorte de grande calebasse qui fait un bruit épouvantable, ou bien en soufflant dans de grandes coquilles recourbées en forme de conques. Pendant que les devins dansent ainsi au son de la musique, les hommes allument un grand feu, — il n'y a point de fête sans illumination, — y font rôtir des viandes qu'ils offrent aux époux. La nuit arrive, et tout retombe dans le calme et le silence.

Le lendemain matin, la mariée se pare de ses plus beaux habits, des bijoux que lui a donnés son époux, met enfin sur sa tête un bonnet fait de perles de verres de couleur, enfilées dans des tendons d'autruche et réunies par mailles, comme un filet. Ainsi attifée, elle reçoit la visite des autres femmes et des jeunes filles, qui l'admirent en silence. Si elle a un cheval, elle le selle elle-même, l'orne de tout ce qu'elle possède, et va ainsi se promener dans la tolderia, étalant ses richesses aux yeux de ses voisines.

Il faut voir maintenant comment s'accomplissent les cérémonies des funérailles. Peut-être surprendrons-nous ici les secrètes croyances religieuses de ces peuples, ou, tout au moins, leur opinion sur la vie future, si toutefois ils en ont une.

Quand le malade est en danger de mort, ses amis se

pressent autour du lit du moribond et ne le quittent que lorsqu'il a rendu le dernier soupir. Ils vont alors faire les préparatifs de la cérémonie funèbre.

Tous les animaux qui ont appartenu au défunt sont amenés devant le toldo et étranglés à l'aide du lazo. On met à part les meilleurs morceaux pour le festin, qui a lieu la nuit suivante. Le reste est jeté dans un grand feu avec les vêtements du mort. Cependant les femmes poussent des plaintes et des cris de douleur, ou font entendre des chants de mort, en se promenant autour du brasier. Une singulière coutume introduit un élément presque comique dans la cérémonie funèbre. A mesure que les objets tombent dans le feu, elles se hâtent de les en retirer et de se les approprier. Mais il arrive quelquefois que l'ardeur du feu les empêche de saisir tout ce qu'elles voudraient; alors leur désappointement se traduit par un redoublement de cris, auxquels répondent les hurlements de douleur poussés par celles qui, dans leur empressement, se sont brûlé les mains.

Le corps du défunt est ployé, les genoux aux dents, et cousu dans un sac de cuir. Son meilleur cheval a été épargné pour porter le corps avec les armes et les bijoux, qui doivent être ensevelis avec lui. Les enfants et les parents accompagnent le funèbre cortège et se dirigent dans la campagne par de longs détours, afin de cacher aux profanes le lieu de la sépulture. Quand ils se croient bien seuls et qu'ils ont trouvé un endroit propice, ils creusent une fosse circulaire assez profonde pour recevoir le corps. Ils y enterrent le mort et jettent dans la fosse les armes, les éperons d'argent, les meilleurs vêtements du défunt, recouvrent le tout de terre, de ma-

nière qu'il n'y en ait qu'une mince couche sur la tête
du mort; puis ils immolent le cheval sur la tombe. Enfin
ils reviennent à la tolderia, en faisant toujours de longs
détours, afin de cacher le lieu de la sépulture à ceux
qui seraient tentés de violer la tombe pour s'emparer des
objets précieux qu'elle recèle. Des actes de cette nature
ne sont pas rares et ont plus d'une fois suscité des querelles sanglantes entre les tribus.

La demeure du Patagon ayant été, après sa mort,
anéantie, sa femme et ses enfants dépouillés de tout
ce qui ne leur est pas propre, la femme, sans asile et
presque sans vêtements, attend, aux environs du toldo
incendié que des parents viennent lui donner des vêtements et la recueillir dans quelque coin ignoré. Elle se
barbouille la figure de noir, se coupe les cheveux de
devant, peigne le reste, qui se déroule sur ses épaules,
et se renferme dans une vieille tente où elle reste confi-
née pendant une année entière, gardant ses vêtements
de deuil, le visage toujours teint en noir, sans pouvoir
se laver la figure qu'à l'expiration de son deuil. Elle
observe, dans cet intervalle, la conduite la plus austère.
La moindre infraction à ses devoirs serait punie de mort.

Quand c'est la femme qui précède son mari dans la
tombe, comme tous les troupeaux, tous les chevaux sont
au chef de famille, on ne détruit que ce qui lui appartient
en propre, c'est-à-dire ses vêtements et ses bijoux.
On fait d'ailleurs les mêmes cérémonies; mais ni le
mari ni les enfants ne portent le deuil de la défunte,
et le père peut se remarier immédiatement, s'il le veut.

Quelle conséquence peut-on tirer de ces diverses cérémonies touchant les funérailles chez les Patagons? Celle-

ci, évidemment, à savoir : qu'ils ont une idée de la vie future. Autrement, comment expliquer l'usage d'enterrer avec le mort des provisions et des armes, et d'immoler son cheval sur sa tombe?

Pour ce qui est de l'ensemble de leurs croyances, qu'il est toujours difficile de préciser en l'absence de tout document écrit, on pense que les Patagons croient à une divinité à la fois bienfaisante et malfaisante. Dans le premier cas, c'est le génie du bien qui les a créés et qui leur a donné des armes. C'est lui également qui a formé toute la nature animée. Après l'homme sont venus le cheval et les bestiaux. Ils supposent qu'après la création de l'homme, les animaux vinrent tous des mêmes cavernes; mais que, dès que le taureau voulut en sortir, il effraya tellement les hommes avec ses cornes, qu'ils en fermèrent précipitamment l'entrée avec des pierres énormes. Les Espagnols seuls la laissèrent ouverte, en arrivant en Amérique. C'est pourquoi ces animaux se montrèrent si tard sur leurs terres.

Les habitants de l'Amérique australe sont les peuples les plus superstitieux et, suivant l'expression de d'Orbigny, les plus jongleurs de tout le nouveau continent. Indépendamment de cette sorte de dieu Janus, à la fois génie du bien et du mal, ils croient à une foule d'êtres malins qu'ils craignent beaucoup, et dont ils ne parviennent à conjurer le pouvoir qu'à l'aide des devins ou des sorciers, qu'ils font intervenir dans tous les actes de leur vie : naissance, maladies, mort, etc.

Les Patagons ont des pratiques superstitieuses indépendantes de la présence de leurs devins. Par exemple, il est rare qu'ils se coupent les cheveux; mais, quand cela arrive, ils ont le plus grand soin de les jeter dans la rivière ou de les brûler, dans la crainte que quelque sorcière, s'emparant de ces débris, ne leur jette un sort et ne les fasse mourir.

Si, dans un voyage, ils passent auprès d'une rivière et qu'ils aperçoivent quelques gros morceaux de bois emportés par le courant, ils s'arrêtent pour conjurer ce qu'ils regardent comme des esprits malfaisants. Si le hasard fait que ces troncs, surpris par un remous de la rivière, semblent tournoyer sur eux-mêmes sans avancer, ils croient qu'ils s'arrêtent pour écouter leurs supplications. Ils font des vœux et des promesses pour se les rendre favorables et remplissent ensuite scrupuleusement leurs promesses. Leurs armes, leurs objets les plus précieux sont, pour ce même motif, jetés dans l'eau, et même, dans les grandes occasions, ils y précipitent jusqu'à leurs chevaux, qu'ils attachent ensemble par les pieds, se croyant par ces sacrifices, parfois très onéreux, à l'abri des événements fâcheux.

Mais, parmi les coutumes superstitieuses des Patagons, une des plus curieuses est sans doute celle dont l'arbre de Gualichu est l'objet.

Quand on abandonne la rive droite du Rio-Colorado pour pénétrer dans l'intérieur du pays, on s'enfonce dans un désert aride. A sept lieues au sud-ouest de Carmen, on rencontre les premiers réservoirs où l'on peut s'arrêter pour faire boire les chevaux; à trois lieues plus loin, on aperçoit la *laguna de la Querencia*, assez forte dépression de la plaine, au fond de laquelle, après les pluies, on trouve encore, pendant quelques jours, un peu d'eau qui contracte tout de suite une salure pronon-

cée, grâce aux efflorescences salines du sol. En marchant
encore l'espace de deux lieues, on traverse une plaine
hérissée de buissons, et de cette plaine on aperçoit enfin
l'arbre de Gualichu, qui paraît isolé, comme perdu au
milieu du désert et dominant toutefois la solitude triste
et sauvage. Aucun autre arbre ne se montre à une
lieue à la ronde, aucun ne se profile sur la ligne
invariable de l'horizon.

Cet arbre est l'*Achekenal-Kanet* des Patagons, le
Gualichu des Puelches, le *Quecubu* des Aucas. Pour tous,
il est le génie du mal, le dieu du chemin fatal. Cette
méchante divinité est tout simplement un arbre rabougri
qui, perdu dans un bois, n'aurait pas attiré l'attention,
tandis qu'au milieu de cette plaine immense il en anime
la profonde solitude et sert de guide au voyageur. C'est
une espèce d'acacia épineux, haut de vingt à trente
pieds. Son tronc est gros et noueux, tout tortueux et à
demi vermoulu par les années. Ce qu'il y a de singulier,
c'est de trouver un arbre comme celui-ci, seul de son
espèce au milieu de ces déserts, dont il interrompt la monotonie. Il n'en fallait pas tant pour lui attribuer une sorte
de puissance surnaturelle, de la part d'Indiens ignorants
et superstitieux, et d'être de leur part l'objet d'un culte
fervent. Ce qui le prouve, c'est l'abondance des *ex-voto*
dont ses branches sont ornées. On y voit suspendus des
vêtements de toute sorte, des rubans de laine, des fils
de diverses couleurs. Tout cet ensemble ballotté, déchiré
par les vents, ne ressemble pas mal à une hideuse fri-
perie. Aucun voyageur ne passe sans y déposer quelque
chose. Celui qui n'a rien se contente d'offrir du crin de
son cheval qu'il attache aux rameaux de l'arbre. Le tronc

caverneux, sorte de vasque naturelle, reçoit les présents
offerts au dieu; on y met indistinctement du tabac, du
papier pour faire des cigarettes, des verroteries; on y
jette même quelques pièces de monnaie. Tout cela est bien
fait pour exciter la cupidité, ou simplement la convoitise des Indiens. Mais on ne s'en tient pas à ces présents. On immole au dieu Gualichu des chevaux, comme
le prouve le grand nombre de squelettes répandus dans la
plaine autour de l'arbre, sacrifice d'autant plus méritoire
que le cheval est l'animal par excellence pour des Indiens
nomades. Il était tout naturel d'ailleurs qu'ils cherchas-
sent à se rendre favorable le dieu du désert, où ils sont
exposés à souffrir et même à mourir de soif ou de fatigue[1].

Mais en voilà assez sur les Patagons et sur leurs
croyances religieuses, que nous n'avons pas la préten-
tion d'avoir fait connaître avec tout le développement
dont elles étaient susceptibles. Il est temps de nous
transporter sur un autre théâtre, où nous trouverons
d'autres hommes, d'autres spectacles, d'autres mœurs,
mais au fond les mêmes préjugés, les mêmes passions,
la même nature morale si incomplète quand le souffle
divin n'a pas passé sur elle.

---

[1] Le culte des arbres est à peu près de tous les pays et de tous les temps.
« De tout arbre vieux, dit un proverbe russe, sort soit un hibou, soit un
diable. » On a remarqué que les Albanais des environs de Janina croient
qu'il faut se défier de l'ombre des arbres qui vieillissent, habités par
l'aerico, démon aérien. Dans la France, au VIIᵉ siècle, on disait : « Ne
faites pas passer vos troupeaux sous un arbre creux. Ce serait en quelque
sorte les consacrer au démon. » (V. Revue des Deux-Mondes, avril 1879.)

CHAPITRE VII

Le détroit de Magellan est borné au sud par un groupe d'îles assez confusément éparses dont l'ensemble constitue ce qu'on est convenu d'appeler l'archipel de Magellan. Parmi ces îles, au nombre d'une trentaine environ, dont dix grandes et vingt petites, la Terre-de-Feu occupe, sans contredit, la plus grande place et telle qu'elle a suffi à elle seule à désigner le groupe tout entier. Par suite de l'ignorance des anciens géographes, tout l'archipel se présente sur leurs cartes comme une terre unique et continue qu'ils désignent sous le nom de Terre-de-Feu et dont le cap Horn forme la pointe méridionale.

Cette Terre-de-Feu, dont le nom lui-même paraît être un problème, offre un contour très irrégulier, et à l'ouest de profondes échancrures parmi lesquelles il faut citer le canal de l'Amirauté, dans lequel s'engagèrent si imprudemment les deux navires de la flotte de Magellan, *la Conception* et *le Saint-Antoine.*

9

Basse et plate dans sa partie orientale, la Terre-de-Feu
se redresse au sud et à l'ouest, où le mont Sarmiento s'é-
lève à une hauteur de deux mille mètres. L'aspect de
cette région est d'ailleurs fort triste. Les rochers s'y
trouvent accumulés les uns sur les autres de la manière
la plus abrupte et la plus confuse, et leurs pics se dressent bien au-dessus des neiges dont le sol est couvert,
tandis que les glaciers qui se sont formés dans les profondes baies du rivage se prolongent jusqu'aux approches de la mer. Les versants les plus élevés sont tapissés
de tourbières, tandis que ceux de la région moyenne
sont couverts d'épaisses forêts qui conservent toujours
leur sombre verdure, circonstance qui ajoute à l'aspect
désolé de ces parages. Le climat y est naturellement
plus rigoureux que dans la Patagonie, et des pluies in-
cessantes, accompagnées de rafales de neige et de grêle,
en font un des lieux les moins habitables et les moins
habités du globe.

En effet, on n'estime pas à plus de quelques milliers
d'individus la population de la Terre-de-Feu et des îles
adjacentes. Que sont les malheureux Indiens qui y vivent
en dehors, pour ainsi dire de toute civilisation? D'abord,
on n'est pas d'accord sur le nom qu'il convient de
leur donner. Les uns les appellent Pécherais, les autres
Fuégiens; ceux-ci les désignent sous le nom d'Indiens
des pirogues, ceux-là les intitulent tout simplement Yacanas. Quoi qu'il en soit de ces diverses appellations, il
paraît avéré que ce peuple est un rameau de la famille
araucanienne, laquelle appartient à la race rouge formant la presque totalité de la population indigène des
deux Amériques.

Moins avantagés sous les rapports physique et moral que les Esquimaux, bien que ceux-ci vivent sous une latitude bien plus boréale, les Pécherais sont placés au plus bas degré de l'échelle des races humaines. Quoique inférieurs aux Patagons sous le rapport de la taille et des mœurs, ils paraissent de la même famille et peuvent être considérés comme des cadets dans la famille patagonienne. Comme eux, ils sont à peine vêtus de peaux, laissent leurs cheveux épars sur leurs épaules, se teignent le visage et le corps d'une sorte d'ocre rouge. Comme eux aussi, dans un autre ordre d'idées, ils sont simples de mœurs, assez doux de caractère et tout à fait accessibles à une gaieté communicative. Mais la nourriture établit une ligne de démarcation profonde et tranchée entre les deux peuples, et doit entraîner de profondes dissemblances dans le tempérament, les mœurs, les impressions et les sentiments des uns et des autres. Tandis que les Patagons vivent presque exclusivement du produit de leur chasse, le poisson constitue la base presque exclusive de l'alimentation chez les Fuégiens. Mais le pain est également inconnu des deux côtés du détroit. Aussi, quand un navire passe dans le détroit, les Pécherais, à l'affût dans leurs pirogues, paraissent inopinément à la vue du navire et jettent, en criant, à l'adresse des passagers les deux seuls mots étrangers qu'ils connaissent : *Galletta* et *Tabacco*. En échange de ces deux objets ardemment convoités, ils offrent les produits de leur pêche ou ceux de leur industrie, qui consistent en arcs flexibles ou en peaux non moins souples et plus utiles.

Dès qu'un navire paraît, avons-nous dit, une pirogue

de Fuégiens n'est pas loin qui l'attend au passage; une seconde ne tarde pas à se montrer, puis une troisième, puis une foule d'autres, dont le nombre augmentant sans cesse finirait par causer de l'inquiétude, si l'on n'était pas prévenu et armé en conséquence. Les Fuégiens, qui n'ont pas d'autre mode de correspondance, s'avertissent par des feux allumés de distance en distance, sur les hauteurs, de la présence des étrangers; et parfois l'incendie, gagnant de proche en proche, produit la nuit de superbes effets d'illumination générale. « Jamais, dit un voyageur qui fut témoin de ce spectacle, jamais cette île si froide ne m'avait mieux paru mériter le nom de *Terre-de-Feu*, et c'est peut-être à quelque aventure pareille, bien faite pour frapper l'imagination, qu'elle le doit. » Tous les voyageurs ont été frappés de la même circonstance de ces feux allumés et de l'apparition soudaine des pirogues fuégiennes. Mais parmi eux nul mieux que Bougainville n'a étudié les mœurs de ces peuplades très différentes des Patagons, bien que quelques-uns les considèrent comme des frères déshérités et chassés de l'autre côté du détroit par d'impitoyables aînés.

La première fois que Bougainville les vit, il leur donna le nom de *Pécherais*, « parce que, dit-il, ce fut le premier mot qu'ils prononcèrent en nous abordant et que sans cesse ils nous le répétaient, comme les Patagons répètent le mot *Chaoua*. » Il nous les décrit avec des traits qui n'ont pas varié depuis plus d'un siècle. Ce sont toujours les mêmes sauvages à la fois méfiants et hardis; paraissant soudainement avec leurs pirogues, dès qu'un navire se montre dans le détroit; hésitant à y monter quand on les appelle, et une fois à bord se con-

duisant comme des enfants émerveillés de tout ce qu'ils
voient, et se laissant aller à l'occasion à une gaieté pétu-
lante que rien ne modère. Tandis que les femmes et les
enfants restent à la garde des pirogues, les hommes
vont échanger à bord des navires les produits de leur
pêche, leurs coquillages contre du biscuit et du tabac,
les deux seules choses qu'ils convoitent, comme ce sont
aussi à peu près les deux seuls mots qu'ils prononcent.
Les Pécherais accueillis par Bougainville sur *la Boudeuse* étaient plus exigeants. « Tout leur était bon :
pain, viande salée, suif, ils dévoraient tout ce qu'on leur
présentait. Nous eûmes même assez de peine à nous débarrasser de ces hôtes dégoûtants et incommodes, et
nous ne pûmes les déterminer à rentrer dans leurs pirogues qu'en y faisant porter à leurs yeux des morceaux
de viande salée. »

Le même navigateur nous les dépeint « petits, vilains,
maigres et d'une puanteur insupportable, presque nus,
n'ayant pour vêtement que de mauvaises peaux de loups
marins trop petites pour les envelopper, peaux qui servent à la fois de toits à leurs cabanes et de voiles à leurs
pirogues. Leurs femmes sont hideuses, et les hommes
semblent avoir pour elles peu d'égards. Ce sont elles qui
voguent dans les pirogues, et qui prennent soin de les
entretenir, au point d'aller à la nage, malgré le froid,
vider l'eau qui peut y entrer dans les goémons qui servent de port à ces pirogues assez loin du rivage; à terre,
elles ramassent le bois et les coquillages, sans que les
hommes prennent aucune part au travail. Les femmes
même qui ont des enfants à la mamelle ne sont pas
exemptes de ces corvées. Elles portent sur le dos les

enfants pliés dans la peau qui leur sert de vêtement ».
Telles elles sont restées, telles elles s'offrent aujourd'hui
encore comme des bêtes de somme, condition, hélas!
trop commune chez les peuples peu civilisés. Un travail
excessif et prématuré déforme leurs traits et les fait
paraître hideuses, alors que dans leur première jeunesse
elles se présentent avec un visage qui a paru agréable à
la plupart des voyageurs.

La vie des Pécherais se passe presque constamment
sur l'eau. L'attention de ces mêmes voyageurs a été attirée
par la forme de leurs pirogues, que Bougainville nous
décrit avec des couleurs qui n'ont rien perdu de leur
éclat ni de leur actualité, de même qu'il nous fait, avec
la même vérité saisissante, le tableau de leurs coutumes et de leurs mœurs; car c'était à la fois un grand
navigateur et un bon écrivain. « Leurs pirogues sont
d'écorces mal liées avec des joncs et de la mousse dans
les coutures. Il y a au milieu un petit foyer de sable où
ils entretiennent toujours un peu de feu. Leurs armes
sont des arcs faits, ainsi que les flèches, avec le bois d'une
épine-vinette à feuille de houx qui est commune dans le
détroit; la corde est de boyau, et les flèches sont armées de pointes de pierre taillées avec assez d'art; mais
ces armes sont plutôt contre le gibier que contre des
ennemis : elles sont aussi faibles que les bras destinés
à s'en servir. Nous leur avons vu de plus des os de poisson longs d'un pied, aiguisés par le bout et dentelés sur
un des côtés. Est-ce un poignard? Je crois plutôt que
c'est un instrument de pêche. Ils l'adaptent à une longue
perche et s'en servent en manière de harpon. Ces sauvages habitent pêle-mêle, hommes, femmes et enfants,

dans les cabanes au milieu desquelles est allumé le
feu. »

Aux yeux de Bougainville, les Pécherais sont les
hommes qui sont restés le plus voisins de l'état de
nature. Ce qui l'étonne le plus, c'est la gaieté dont paraissent doués de malheureux insulaires si dénués d'ailleurs, si dépourvus des avantages de la civilisation. Cette
gaieté, qui étonne toujours les voyageurs, leur est un
trait commun avec les Patagons. La question de savoir
s'ils ont une religion se pose pour les uns comme pour
les autres. Ceux qui leur en ont absolument refusé une,
quelle qu'elle fût, ont oublié ce que Cicéron disait, il y a
des siècles, « qu'il n'existe aucune nation assez sauvage
pour ignorer qu'il y ait un Dieu[1]. » L'impossibilité de
traduire en dogmes bien déterminés les rites et les coutumes superstitieuses des sauvages se traduit par une
négation absolue qui n'est peut-être que le résultat d'une
observation superficielle. A défaut de renseignements
plus précis, tenons-nous-en aux manifestations extérieures qui peuvent, jusqu'à un certain point, être l'expression des croyances religieuses des habitants de la
Terre-de-Feu. Suivons Bougainville dans le wigwam
d'une pauvre famille de Fuégiens, au moment où un
malheureux événement vient d'éteindre les éclats de leur
gaieté bruyante. Un garçon de douze ans, le plus intéressant de la bande, venait d'être saisi tout à coup de
violentes convulsions accompagnées de crachements de
sang. Le pauvre enfant avait avalé des morceaux de verre
et de glace qu'on lui avait donnés à bord, croyant avoir

[1] *Gens nulla est tam fera quæ non sciat Deum esse habendum.* Cic.

affaire à une substance aussi innocente que le talc,
que les Pécherais ont l'habitude de s'enfoncer par
petits morceaux dans les narines et dans la gorge.

« Peut-être, dit à ce sujet Bougainville, la superstition
attache-t-elle chez eux quelque vertu à cette espèce de
talisman, peut-être le regardent-ils comme un préser-
vatif à quelque incommodité à laquelle ils sont sujets. »
Quoi qu'il en soit, l'enfant avait les lèvres, les gencives
et le palais coupés en plusieurs endroits, et rendait le
sang continuellement.

La première chose que firent les parents fut d'appeler ce que Bougainville nomme un *jongleur,* c'est-à-
dire un charlatan, une espèce de sorcier, un *rebouteux,*
comme on dit encore dans quelques campagnes de la
France. Les marins de Bougainville avaient donné au
jeune garçon une casaque de toile ; le jongleur, qui craignait peut-être un maléfice de leur part, commença
par l'en dépouiller brusquement et par la jeter à leurs
pieds. « Il est vrai, dit Bougainville, qu'un autre
sauvage, qui sans doute aimait plus les vêtements qu'il
ne craignait les enchantements, la ramassa aussitôt. »
Mais laissons continuer le témoin de la scène étrange qui
suivit ces préliminaires.

« Le jongleur étendit d'abord l'enfant sur le dos dans
une des cabanes, et, s'étant mis à genoux entre ses jambes, il se courbait sur lui, et avec la tête et les deux
mains il lui pressait le ventre de toute sa force, criant
continuellement, sans qu'on pût distinguer rien d'arti-
culé dans ses cris. De temps en temps il se levait et, fei-
gnant de tenir le mal dans ses mains jointes, il les ouvrait
tout à coup en l'air en soufflant comme s'il eût voulu

chasser quelque mauvais esprit. Pendant cette cérémonie, une vieille femme en pleurs hurlait dans l'oreille du
malade à le rendre sourd. Ce malheureux cependant
annonçait souffrir autant du remède que de son mal.
Le jongleur lui donna quelque trêve pour aller prendre
sa parure de cérémonie; ensuite, les cheveux poudrés et
la tête ornée de deux ailes blanches assez semblables au
bonnet de Mercure, il recommença ses fonctions avec plus
de confince et tout aussi peu de succès. L'enfant alors
paraissant plus mal, notre aumônier lui administra fur-
tivement le baptême. »

Il paraît que Bougainville n'assista pas au début de
cette scène navrante. Il était resté à bord, lorsque les
officiers qui étaient descendus à terre vinrent l'informer
de ce qui se passait. Il descendit à terre pour se rendre
à l'ajoupa des pauvres Pécherais. Il s'était fait accom-
pagner du chirurgien-major, qui portait un peu de lait
et de la tisane émolliente.

« Lorsque nous arrivâmes, continue Bougainville, le
malade était hors de la cabane; le jongleur, auquel s'en
était joint un autre paré des mêmes ornements, avait re-
commencé son opération sur le ventre, les cuisses et le
dos de l'enfant. C'était pitié de les voir martyriser cette
infortunée créature, qui souffrait sans se plaindre. Son
corps était déjà tout meurtri, et les médecins continuaient
encore ce barbare remède avec force conjurations. La
douleur du père et de la mère, leurs larmes, l'intérêt
vif de toute la bande, intérêt manifesté par des signes
non équivoques, la patience de l'enfant nous donnèrent
le spectacle le plus attendrissant. Les sauvages s'aperçurent sans doute que nous partagions leurs peines, du

moins leur méfiance sembla-t-elle diminuer. Ils nous laissèrent approcher du malade, et le major examina sa
bouche ensanglantée, que son père et un autre Pécherais
suçaient alternativement. On eut beaucoup de peine à
leur persuader de faire usage du lait ; il fallut en goûter
plusieurs fois, et, malgré l'invincible opposition des jongleurs, le père enfin se détermina à en faire boire à son
fils ; il accepta même le don de la cafetière pleine de
tisane émolliente. Les jongleurs témoignaient de la jalousie contre notre chirurgien, qu'ils parurent à la fin reconnaître pour un habile jongleur. Ils ouvrirent même
pour lui un sac de cuir qu'ils portent toujours pendu à
leur côté et qui contient leur bonnet de plume, de la
poudre blanche, du talc et les autres instruments de leur
art ; mais à peine y eut-il jeté les yeux qu'ils le refer-
mèrent aussitôt. Nous remarquâmes aussi que, tandis
qu'un des jongleurs travaillait à conjurer le mal du pa-
tient, l'autre ne semblait occupé qu'à prévenir par ses
enchantements l'effet du mauvais sort qu'ils nous soup-
çonnaient d'avoir jeté sur eux.

« Nous retournâmes à bord à l'entré de la nuit ; l'enfant souffrait moins ; toutefois, un vomissement presque
continuel qui le tourmentait, nous fit appréhender qu'il
ne fût passé du verre dans son estomac. Nous eûmes
ensuite lieu de croire que nos conjectures n'avaient été
que trop justes. Vers les deux heures après minuit, on
entendit du bord des hurlements répétés ; et, dès le point
du jour, quoiqu'il fît un temps affreux, les sauvages appa-
reillèrent. Ils fuyaient sans doute un lieu souillé par la
mort et des étrangers funestes qu'ils croyaient n'être venus que pour les détruire. Jamais ils ne purent doubler

la pointe occidentale de la baie; dans un instant plus calme, ils remirent à la voile; un grain violent les jeta au large et dispersa leurs faibles embarcations. Combien ils étaient empressés à s'éloigner de nous! Ils abandonnèrent sur le rivage une de leurs pirogues qui avait besoin d'être réparée : *Satis est gentem effugisse nefandam!* Ils ont emporté de nous l'idée d'êtres malfaisants; mais qui ne leur pardonnerait le ressentiment dans cette conjoncture? Quelle perte, en effet, pour une société aussi peu nombreuse qu'un adolescent échappé à tous les hasards de l'enfance! »

Nous n'insisterons pas sur le charme et l'intérêt de cette narration, une des plus belles assurément du voyage de Bougainville. Ce tableau plein de vie et d'animation nous fait mieux pénétrer dans le secret de la vie des Indiens de la Terre-de-Feu que vingt pages de description ethnographique. Nous terminerons par là ce que nous avions à dire de cette région et de ses habitants [1], et nous conduirons le lecteur vers un autre point, à ce redoutable écueil du cap Horn qui semble comme la borne du monde dans l'hémisphère austral.

[1] Voir néanmoins à la fin du volume une note sur les *Fuégiens*.

CHAPITRE VIII

LE CAP HORN

Le gouvernement des Provinces-Unies, ayant, au commencement du XVIIᵉ siècle, accordé à la compagnie des Indes le privilège exclusif du commerce dans les mers du Sud, avait fait défense à tout sujet hollandais qui n'était pas membre de cette compagnie de naviguer dans le détroit de Magellan. C'était là quelque chose d'un peu abusif; car quel droit le gouvernement des Pays-Bas avait-il sur la propriété du détroit? L'Espagne, mieux fondée que lui à en défendre l'entrée aux navires étrangers, avait échoué dans ses prétentions; mais telle est la placidité du peuple hollandais, que nul alors n'osait protester contre la prohibition du gouvernement, ni contre la toute-puissance de la compagnie.

Il y avait alors dans la ville d'Egmont un riche négociant nommé Isaac Lemaire, homme de génie, disait-on, de courage et de curiosité pour les voyages lointains. Quoiqu'il fût à la tête d'une importante maison de com-

merce, il n'était pas membre de la fameuse compagnie.
Il avait dirigé plusieurs grandes entreprises avec succès;
mais il se trouvait soudainement arrêté par la défense
des états. Un jour qu'il s'entretenait avec un habile
marin, nommé Guillaume Schouten, de cette défense et
des moyens de l'éluder, ce dernier, également versé dans
la science géographique et dans l'art de la navigation,
dit à Lemaire qu'il ne doutait pas qu'il n'y eût un autre
chemin que celui de Magellan pour pénétrer dans la mer
du Sud, et que par là on irait aux Indes sans enfreindre
la défense. Il espérait qu'on découvrirait de riches pays
où l'on pourrait faire un grand trafic, car l'interdiction
qui frappait le commerce privé ne s'étendait qu'aux terres
déjà découvertes. Enfin ils résolurent de tenter l'aventure dans la partie encore inconnue de l'Amérique australe, où Schouten espérait qu'on trouverait un nouveau
passage. « Nous ne contreviendrons pas, disait-il, aux
privilèges de la compagnie d'octroi (tel était le titre que
prenait cette compagnie), puisque nous passerons par
une autre route que le détroit de Magellan. »
    Toutefois ils crurent devoir garder, même envers leurs
amis, le silence le plus complet sur l'objet de leur entretien. Ils convinrent d'abord de supporter par moitié les
frais de l'expédition. Schouten se chargea d'en diriger
les préparatifs. Il devait en avoir le commandement, et
il fut convenu qu'il prendrait pour second le fils même
de Lemaire. Des actionnaires s'associèrent à l'entreprise
sans s'enquérir des voies et moyens, tant les noms de
Schouten et de Lemaire inspiraient de confiance! Les deux
principaux associés armèrent à Horn un grand vaisseau,
la Concorde, du port de trois cent soixante tonneaux, et un

yacht. On engagea des officiers et des matelots sous la
condition expresse qu'on ne leur révélerait pas tout d'à-
bord le but du voyage, et qu'ils iraient partout où il
plairait au capitaine de les conduire. Il y avait à bord des
deux navires soixante-cinq hommes d'équipage, vingt-
neuf pièces de canon, des vivres et des munitions pour
un long voyage. La petite flottille partit du Texel le
14 juin 1615. Le 20 octobre suivant, on passait la ligne;
et, le 26 du même mois, Schouten déclarait à l'équipage
assemblé l'objet de l'expédition et la route qu'il comptait
suivre. Tout le monde exprima par des cris de joie toute
la confiance qu'on avait dans l'habileté du capitaine et
dans le succès de l'expédition. On atteignit le continent
américain au commencement de décembre. On relâcha
au port Désiré, sur la côte de Patagonie, pour réparer
quelques avaries survenues à la *Concorde;* mais, pendant
ce séjour, un incendie détruisit le yacht. Tout l'équipage
fut réuni sur un seul bâtiment, et, peu de temps après
ce fâcheux accident, on remit à la voile pour le sud.
Ici nous laissons parler le journal même de Schouten,
traduit dans un vieux français qui ne manque pas d'une
certaine saveur.

« Le 24 janvier 1616, nous remarquâmes à tribord,
par 54° 46', une terre de hautes montagnes blanches de
neige, puis, à l'est, une autre terre aussi fort haute. Elles
paraissaient distantes à peu près de huit lieues l'une de
l'autre. Les courants portaient au nord, entre elles deux,
avec rapidité, si bien que nous jugeâmes qu'il devait y
avoir là un passage. On courut vers cette ouverture. Les
baleines et autres monstres marins y sont en tel nombre
qu'ils embarrassaient le passage. Au plus étroit du pas-

sage, la sonde fit voir cinquante brasses de profondeur.
Le courant entrait si fort dans la mer, au nord, que le
vaisseau, quoique poussé par un bon vent, ne le surmon-
tait qu'à peine et ne sillait guère vite. La terre à gauche,
que nous surnommâmes la Terre-des-États, était herbue
et verdoyante; mais celle de droite, qui reçut le nom de
Maurice de Nassau, n'offrait que des roches couvertes
de neige. Il paraissait y avoir, de côté et d'autre, surtout à gauche, de bonnes rades et des baies de sable,
car on voyait des deux côtés des rivages sablonneux et
un bon fond de sable. Il y a là du poisson, des pin-
gouins et des chiens marins en abondance, beaucoup
d'oiseaux, de bonne eau, mais point d'arbres.

« Le lendemain, la mer devint fort bleue, les lames
fortes; le vent du nord nous poussait au sud-sud-ouest,
si bien que l'on ne douta presque plus d'être entré dans
la mer du Sud et d'avoir heureusement trouvé un nouveau passage, ce qui remplit de joie tous nos équipages.
Nous vînmes au sud jusqu'au 57ᵉ degré de latitude. »

La découverte renouvelait l'expérience de Magellan et
dissipait l'erreur dans laquelle on avait été jusqu'alors,
à savoir qu'au delà du détroit existait une grande terre,
qu'en d'autres termes les terres australes et l'Amérique
ne faisaient qu'un continent, interrompu seulement par
un détroit à la hauteur du 52ᵉ degré de latitude. Lemaire et ses compagnons durent être émerveillés lorsque,
à la sortie du détroit qui porte si légitimement le nom
du navigateur hollandais, il se virent en pleine mer, la
route étant indiquée par une sorte de promontoire sinistre, un cap, auquel ils donnèrent le nom de Horn, en
souvenir de la ville où Lemaire était né.

Le cap que *la Concorde* venait de doubler, ce sévère gardien du redoutable passage deviné par Schouten; ce sombre promontoire qui semble s'élever à l'extrémité de la Terre-de-Feu, est comme la borne du monde dans l'hémisphère austral.

Là les naufrages sont fréquents. Les deux mers luttent entre elles à qui ne recevra pas les navires que chacune d'elles envoie à sa rivale.

« Nulle part ailleurs, dit un marin, le ciel n'apparaît plus menaçant, le climat plus rigoureux, les vents plus changeants et plus irrités, la mer plus hérissée de vagues. »

Le même écrivain nous dépeint ce ciel changeant rarement d'aspect, ce soleil toujours voilé de sombres nuages, ce froid intense qui signale les approches du pôle antarctique, cette lutte incessante du marin contre les éléments en fureur. « Si la brise, dit-il, reste violente et contraire, le plus habile et le plus déterminé déploie en vain toutes les ressources de la science pour cheminer à travers l'orage. Chaque soir, après de longues et pénibles heures, il vient reconnaître la terre, espérant que ses efforts l'auront avancé vers le but de sa course, et chaque soir il éprouve une douloureuse déception, car les rapides courants du Pacifique le ramènent au point d'où il était parti; il retrouve devant lui la même montagne qui la veille lui avait servi de reconnaissance, et les semaines, les mois se passent ainsi en vaines fatigues. Rarement il échappe sans que quelque maladie décime les équipages. Ses voiles sont emportées, ses vergues sont brisées par les rafales; la carène elle-même, ébranlée par de continuelles secousses,

s'ouvre de toutes parts; et cependant une dure nécessité
lui fait un devoir d'exposer au vent toutes ses voiles; il
faut qu'il fuie la côte. Parfois, aux premiers rayons du
jour il se flatte de mettre à profit un vent maniable;
puis soudain fond sur lui un vent terrible qui tombe avec
la rapidité de la foudre, poussant des torrents de neige
et de grêle. En vain il essaye de serrer ses voiles, que le
vent gonfle avec rage; le froid trop vif paralyse les bras
des matelots; leurs doigts, presque gelés, les soutién-
nent difficilement au sommet des mâts; tout devient désordre et danger. Et puis, quand la rafale a passé, emportant avec elle un dernier débris de voile, un calme
plat succède, calme effrayant, où le navire, battu comme
un rocher par d'énormes vagues, ne peut fuir devant la
mer qui le ballotte et menace sa mâture[1]. »

Tous ces dangers, encore exagérés par les récits des
navigateurs, firent abandonner pendant longtemps le
passage du cap Horn. Jusqu'à Cook, on préféra la traversée du détroit de Magellan, quoiqu'en réalité plus
périlleuse, « car l'idée de sombrer sous voiles en pleine
mer a quelque chose de plus affreux, de plus profondément triste que celle d'un naufrage sur la côte; l'espoir
n'est pas mort au cœur du naufragé, quand le flot le
roule sur les points rocailleux du rivage. »

Aujourd'hui, au contraire, le détroit de Magellan est
entièrement délaissé; au moins par les navires à voile,
qui préféreront toujours le passage par le cap Horn. Seu-

---

[1] M. l'amiral Th. Page, art. *cap Horn*, dans le *Dictionnaire de la
conversation*. Dans cet article l'auteur, officier de marine très distingué,
s'est efforcé de parler des choses de la mer dans un langage clair, intéressant et à la portée de tout le monde.

lement, pour éviter les courants, ils descendent quelquefois très bas dans le sud, jusqu'à 60° de latitude. « Le
ciel est plus triste, la brise plus froide, la mer y charrie
des glaçons, mais elle n'y cache pas d'écueils. »

On crut pendant longtemps que le cap Horn était un
promontoire de la Terre-de-Feu, et ce n'est qu'en 1624,
c'est-à-dire dix ans seulement après la découverte du
détroit de Lemaire, et plus de cent ans après celle du
détroit de Magellan, qu'une escadre hollandaise, commandée par l'amiral l'Hermitte, reconnut qu'il formait
comme la sentinelle avancée d'un groupe d'îles qui prit
le nom du marin qui le premier le signala.

Le cap Horn paraît plus élevé qu'il ne l'est réellement. La raison en est qu'il émerge de la mer sans montrer sa base naturelle. Sa hauteur ne dépasse pas cinq
cent quatre-vingts mètres, et de près il fait l'effet d'une
grande montagne : illusion d'optique, comme il y en a
tant. Le véritable géant des terres magellaniques est le
mont Sarmenta, qui ne mesure pas moins de deux mille
mètres d'altitude. C'est le sommet le plus élevé de toute
l'Amérique australe.

CHAPITRE IX

A l'extrémité du continent américain, au large du détroit de Magellan, à soixante lieues environ de l'île des États et à cent quarante lieues du cap Horn, se trouve un groupe d'îles fort intéressant, composé de deux grandes îles et de deux cents îlots.

Ce sont les îles *Falkland,* ou mieux les *Malouines,* nom plus doux à prononcer et plus agréable à l'oreille d'un Français.

La première des deux grandes îles, la plus orientale, se nomme pour cette raison *Ost-Falkland.* On l'appelle encore *Soledad.* La deuxième, située à l'ouest, prend le nom de *West-Falkland.* On la désigne encore sous celui de *Maiden-Land.* Nous dirons tout à l'heure pourquoi.

Un détroit de soixante-douze kilomètres de long les sépare l'une de l'autre. C'est le détroit de Falkland.

Des deux îles la plus connue est, ou plutôt fut pendant longtemps, la Soledad. Traversée de l'est à l'ouest par

une chaîne de montagnes ou plutôt de hautes collines,
cette île renferme des vallées humides couvertes d'excellents pâturages. Les plaines sont rares, légèrement on-
dulées et coupées par un nombre infini de ruisseaux qui
ne tarissent jamais. Les plages sont généralement uni-
formes, basses et bordées de dunes sablonneuses. Les
havres sont vastes et sûrs.

West-Falkland est plus montagneux, les côtes d'accès
plus difficile, les havres resserrés, profonds et cernés
par des rocs âpres et escarpés.

La température des îles Malouines et très modérée.
Le ciel est rarement brumeux; les hivers s'y passent
presque sans neige, quoiqu'elles se trouvent presque à
la latitude du détroit de Magellan et quoiqu'il y pleuve
beaucoup; les orages y sont, pour ainsi dire, inconnus.
Même avec l'humidité, le climat est salubre. Un fait le
prouvera. En 1843, deux matelots âgés, l'un de dix-huit,
l'autre de vingt-quatre ans, s'échappèrent d'un baleinier
à la hauteur des îles Falkland, et vinrent se réfugier
dans l'une d'elles. Il y vécurent pendant près d'une
année sans autre abri que le feuillage des arbres ou le
surplomb des rochers, et ils n'avaient pour toute nourriture que la chair crue des oiseaux, des phoques, que
par hasard ils pouvaient surprendre, que des racines et
des baies de certains arbrisseaux. Un jour que le gouverneur des îles Falkland explorait les côtes, ils furent
découverts par lui et ramenés à bord, puis enfin rapa-
triés. Ils racontaient que, pendant les quatorze mois
qu'ils avaient vécu dans l'île, sans secours de personne et
sans autres ressources que celles que le hasard ou leur
industrie pouvait leur offrir, ils s'étaient toujours bien

portés et n'avaient jamais été incommodés par le froid
ni par les intempéries des saisons.

Les îles Falkland ne produisent pas d'arbres ni de
plantes nourricières. On y trouve seulement, comme
ressource alimentaire, l'ache sauvage, le céleri également sauvage, mais doux et agréable au goût, l'oxalide
à fleurs blanches, le bacharis de Magellan, le bolax gom-
mifère, une espèce de myrte dont les feuilles infusées
peuvent suppléer le thé sans trop de désavantage.

En revanche, on trouve dans les îles Malouines, grâce
à la température humide et modérée qui y règne, d'excellents pâturages où paissent des troupeaux de chevaux
et de bœufs, de cochons et de lapins[1]. Qu'on se figure
d'immenses prairies que l'on dirait tondues au ciseau,
tant elles sont unies; pas une plante ne s'élève au-dessus des autres; elles se pressent, s'entrelacent; les fleurs
se cachent sous les feuilles, comme pour se dérober à
l'impétuosité du vent, et toutes ces herbes ou petits rameaux, ces feuilles plus petites encore forment un
lacis serré et imperméable. Dans ces prairies si denses,
si touffues, on reconnaît la présence de plus de cent vingt
espèces de plantes différentes, où les gramens dominent. Ils croissent sur les terrains les plus ingrats et
semblent se plaire sur les bords de la mer. Mais c'est
dans les îlots qu'il faut admirer les développements
énormes d'une plante de ce genre, le *fétuque* en éventail,

---

[1] On évalue à plus de 150,000 têtes le bétail sauvage qui erre en liberté
dans ces îles; on y compte plus de 3,000 chevaux. C'étaient les Gauchos,
natifs des Pampas de la Plata, qui autrefois se chargeaient de poursuivre
et d'atteindre ces animaux; les Anglais et les Irlandais se sont promptement initiés à cet art.

au port de palmier, dont les épais fourrés protègent les phoques à certaines parties de l'année et servent de retraite aux manchots, qui y vivent en république.

Ce ne sont pas là les seuls animaux que nourrissent les îles Falkland ou leurs côtes. On y rencontre encore de nombreuses tribus d'oiseaux, des palmipèdes, des amphibies, des oiseaux terrestres; mais ici, comme en Patagonie et dans les terres du détroit, on ne découvre aucune bête venimeuse, ni reptiles, ni insectes à la piqûre dangereuse. Dira-t-on que l'absence des animaux malfaisants est due au séjour de l'homme et à la chasse ardente qu'il en a faite? Ces îles ne sont habitées que depuis peu de temps. Découvertes à la fin du XVIᵉ siècle par les Hollandais, suivant les uns, par les Anglais, suivant les autres, elles n'ont été réellement reconnues qu'un siècle après, par l'Anglais Strong, qui leur imposa le nom de Falkland. Mais, comme elles furent souvent visitées par les marins de Saint-Malo, qui faisaient le commerce avec les possessions du Pacifique, on s'habitua peu à peu à les appeler îles Malouines, et bon nombre de marins ne les désignent pas autrement.

A qui appartenaient-elles en réalité? Aux Anglais, aux Hollandais, aux Espagnols? On ne sait trop. Ce qu'il y a de sûr, c'est que notre immortel Bougainville, séduit par les rapports du commodore Anson sur les avantages que présentait la possession de ces îles, y conduisit plusieurs familles canadiennes qui n'avaient pas voulu reconnaître le traité de 1761, par lequel le Canada était cédé à l'Angleterre. Au mois de février 1764, il aborda dans une baie de la côte est de Soledad

et en prit solennellement possession au nom du roi de
France. Il y bâtit un fort, y établit une colonie composée
de deux familles canadiennes, d'ouvriers de toute espèce.
En la quittant, il y laissa des vivres pour deux ans. Deux
ans après, il y revint et trouva la colonie dans un état
satisfaisant. M. de Nerville, qu'il avait laissé comme gouverneur, lui écrivait quelque temps après : « Notre agriculture donne toute espérance; toutes les plantes pota-
gères ont réussi; le blé a produit de beaux épis, mais
pour la forme seulement: il n'y avait pas de grains. Nos
terres demandent à être travaillées et fumées. Ce que
nous avons de bestiaux ne suffit que pour des essais;
quatre génisses et trois chevaux sont toujours en plein
champ. Nous n'avons pas réussi à les rattraper, mais
leur humeur vagabonde nous fait connaître un des
grands avantages du pays : c'est que les bestiaux peuvent rester en toute saison jour et nuit aux champs et
qu'ils y trouvent pâture et litière. L'hiver que nous avons
passé ici n'est pas très rigoureux. Il n'y a jamais eu assez de neige pour couvrir la boucle de nos souliers, ni
assez de glace pour soutenir une pierre grosse comme le
poing, et, si ce n'eût été les pluies qui passent à travers
nos couvertures (toitures) comme par un crible, nous
n'aurions presque pas fait de feu. »

Au moment où les Français commençaient à s'accli-
mater aux Malouines et formaient, non sans succès, des
essais de colonisation, les difficultés diplomatiques na-
quirent.

Nous ne possédions alors que Soledad, c'est-à-dire l'île
orientale. Les Anglais, en 1765, avaient pris possession
de West-Falkland. Or, pour eux, ne pas posséder le tout,

c'était ne rien posséder. Nous invoquions le droit de
premiers occupants; ils invoquèrent le droit de première
découverte. Une guerre allait éclater. Mais Louis XV
tenait avant tout à son repos, et finit par céder, moyennant une somme de six cent mille livres qui paya l'abandon que nous fîmes d'une de nos plus précieuses
stations.

Après les Français, ce fut le tour des Espagnols, qui
réclamaient les Falkland au nom d'on ne sait quel droit
de suzeraineté qu'ils étaient censés exercer, depuis la découverte du nouveau monde, sur toutes les terres adjacentes et dépendantes du continent américain. Après
beaucoup de difficultés et même de guerres et de traités,
l'Espagne finit par céder ces îles à l'Angleterre, et voici
les avantages que celle-ci retire de cette possession. La
rivière de la Plata est d'un accès difficile. Sainte-Cathe-
rine, sur la côte du Brésil, manque de tout ce dont les
équipages ont le plus de besoin après une longue traversée; le séjour de Rio-de-Janeiro et de Bahia est fort
dispendieux; Sainte-Hélène est trop à l'est, et tout y est
d'une plus grande cherté et en moindre abondance qu'au
Brésil. Au contraire, les Falkland semblent être une oasis
pour tous les navires qui se rendent dans la mer du Sud
et dans les mers australes. Elles sont situées à moitié
route. Les ports y sont d'un accès facile, vastes, sûrs; les
vents y portent tout naturellement; l'eau douce est abondante sur les côtes. On y trouve des plantes antiscorbu-
tiques, et à Port-Louis, la capitale du groupe, de la viande
fraîche en quantité.

TROISIÈME PARTIE

LES SUCCESSEURS DE MAGELLAN

AVERTISSEMENT

Ainsi que nous l'avons dit dans notre introduction, nous nous proposons dans cette *troisième partie* de passer en revue les principaux voyages qui ont été entrepris, à la suite de Magellan, dans le détroit qui porte son nom. Il y avait ici un écueil à éviter. Nous devions craindre qu'en ramenant sans cesse les mêmes noms propres de lieux sous les yeux du lecteur, qu'en racontant tant de voyages circonscrits sur un même point du globe, nous ne fatiguassions son esprit par d'inévitables répétitions. Nous avons essayé de conjurer le danger d'une ennuyeuse monotonie en cherchant à introduire la variété dans les récits, le contraste dans les tableaux, la diversité et l'intérêt partout. Nous n'osons prétendre que nous y ayons réussi. On constatera du moins nos efforts pour atteindre ce but.

CHAPITRE I

QUIROS

(1524)

La seconde flotte qui passa le détroit de Magellan pour aller aux Moluques fut équipée aux frais de Jutières Cajaval, évêque de Plaisance. Elle se composait de quatre navires, qui furent placés sous le commandement de Quiros [1]. Dès l'entrée du détroit, une violente tempête en jeta trois sur la côte, où ils se brisèrent, et rejeta le quatrième en pleine mer. Quand le calme fut revenu, ce dernier rentra dans le détroit pour recueillir les débris du naufrage. Les malheureux naufragés, au nombre de deux cent cinquante, étaient dispersés le long du rivage, tendant les mains vers le navire, implorant à grands cris le secours de leurs compagnons. Mais

---

[1] Il ne faut pas confondre ce marin avec le grand navigateur espagnol Pedro Fernandez de Quiros, qui vivait à la fin du XVI⁰ siècle et qui est mort en 1614.

le capitaine, voyant qu'il n'y avait dans son vaisseau
ni assez de place pour recevoir ces infortunés, ni assez
de vivres pour les nourrir, passa outre sans aborder et
les abandonna à leur malheureux sort. Depuis on n'en
entendit plus parler.

Quant à lui, il sortit du détroit par le cap des Piliers;
mais, se voyant incapable de tenir la mer avec un seul
vaisseau, il renonça au voyage des Moluques et alla
aborder à Lima, où son navire fut hissé à terre et
soigneusement conservé comme un monument de la
deuxième traversée du détroit. Le mât fut planté devant
le palais du vice-roi, et on l'y voyait encore à la fin du
xvie siècle.

CHAPITRE II

GARCIA DE LOAYSA

(1525)

L'empereur Charles-Quint, qui, au milieu de ses grandes occupations, ne perdait pas de vue le profit que le commerce et la navigation pouvaient tirer de la découverte du détroit, fit partir de la Corogne, au mois de juillet 1525, une flotte composée de six vaisseaux, dont il confia le commandement à Garcia de Loaysa, ayant pour second, ou plutôt pour vice-amiral, le célèbre Sébastien del Cano, qui avait ramené en Europe le dernier vaisseau de la flotte de Magellan.

L'expédition avait également pour objet le tour du monde en passant par les Moluques. Au commencement de l'année 1526, la nouvelle flotte embouquait le détroit; mais une tempête détruisit le vaisseau que montait Cano lui-même, et désempara les autres vaisseaux, qui furent obligés de regagner la mer et de chercher un refuge

dans la baie de Sainte-Croix. Ce ne fut qu'en avril que
la flotte rentra dans le détroit, au début de la mauvaise
saison. En effet, l'hiver sévit avec une telle violence
cette année-là, que plusieurs hommes des équipages
périrent de froid, dans un port qu'ils nommèrent, pour
ce motif, *Puerto-Frio*. La flotte hiverna dans ces parages pendant quatre mois, et mit cinquante jours à
effectuer la traversée du détroit. Comme on ne juge en
voyage que d'après les impressions du moment, il fut
bien entendu que le froid était extrême dans le détroit,
que le soleil n'y pénétrait jamais, que la neige, à force
d'y vieillir, y devenait bleue, etc.

La suite de l'expédition ne fut pas plus heureuse.
Garcia de Loaysa mourut au mois de juillet de la même
année, et Sébastien del Cano ne lui survécut que quatre
jours.

CHAPITRE III

(1535)

Moins de dix ans après la tentative malheureuse de
Loysa, un gentilhomme portugais du nom de Simon de
Alcazoba formait le projet de conduire une colonie au
Pérou. Il partit de San-Lucar à la fin de 1534, et vint
mouiller, le 17 janvier 1535, dans la baie de Gallego, sur
la côte de Patagonie. A l'entrée du détroit, il trouva une
croix plantée sur le rivage qui, à ce qu'il crut, y avait
été mise par Magellan et les restes d'un vaisseau brisé,
qu'on jugea avoir appartenu à la flotte de Loaysa. Le
temps était si mauvais et le vent si violent, que les officiers et tout l'équipage déterminèrent Alcazoba, à force
d'instances, à sortir du détroit et à retourner au port
des Loups-Marins, où l'on prendrait terre et où l'on
tenterait quelques découvertes. Ici nous laissons parler
le vieil historien Herrera.

« Après y être arrivés, ils se mirent en marche au nombre de deux cents hommes armés, ayant leur chef à la tête. Mais Alcazoba, déjà malade, ne put soutenir la marche dans un terrain si difficile. Il fut obligé de revenir au campement avec les plus faibles de la troupe, laissant à sa place Rodrigue de l'Isle pour commander ceux qui allaient à la découverte. Ceux-ci, tirant au nord-ouest, souffrirent beaucoup de la soif, dans une traite de vingt-cinq lieues, jusqu'à ce qu'ils eussent trouvé entre deux montagnes une rivière étroite, rapide et sans fond, dont l'eau avait la même couleur que celle du Guadalquivir et à qui ils en donnèrent le nom. Quatre femmes sauvages étaient près de là avec un vieillard, n'ayant d'autres vivres qu'une certaine graine qu'elles moulaient entre deux pierres, et un peu de chair de brebis, qui, dans cette contrée, sont en très grand nombre, farouches et légères à la course. L'Indien en avait une apprivoisée qui lui servait à en attraper d'autres au piège, quand elles venaient boire à la rivière. Les Espagnols, ayant fabriqué un radeau et pris les femmes indiennes pour guides, passèrent la rivière, traversèrent à gué un ruisseau bordé d'osiers, puis des montagnes encore plus difficiles, puis le même ruisseau dans lequel ils pêchèrent de bons poissons semblables au saumon.

« Là, leur provision de biscuit étant sur sa fin, la plupart voulurent retourner sur leurs pas, malgré les signes que leur firent les Indiennes qu'un peu au delà ils rencontreraient une peuplade qui portait des anneaux d'or au bras et aux oreilles, et malgré le chagrin de leur lieutenant, qui leur représentait que, si éloignés des vaisseaux, ils n'étaient plus en état de faire

quatre-vingt-dix lieues sans mourir de faim. « Il y a
moins de risque, leur disait-il, à chercher en avant
cette terre que les Indiens nous indiquent. Au moins
faut-il que, si nous retournons sur nos pas, nous sui-
vions le cours de la rivière, qui nous ramènera à la
mer et nous fournira du poisson sur la route. » Ces
représentations furent inutiles; ils reprirent leurs mêmes
traces, et ne vécurent que de racines d'herbes durant
quarante jours, jusqu'à ce qu'ils fussent arrivés presque
morts de faim auprès des vaisseaux, où des malheurs
plus grands encore les attendaient.

« En leur absence, les officiers de la troupe, à la tête
de tout l'équipage, avaient formé une conspiration contre
Alcazoba, l'avaient massacré, lui, les pilotes et quelques
autres que l'horreur de cette trame abominable avait em-
pêchés d'y prendre part. Ils avaient de plus pillé tous les
effets de la flotte, sans épargner ceux de leurs compagnons envoyés à la découverte. Ceux-ci, se voyant à leur
tour refuser l'entrée des vaisseaux, menacés d'ailleurs
d'une mort inévitable s'ils y mettaient le pied, furent
contraints d'essuyer encore pendant quinze jours sur le
rivage toutes les misères d'une affreuse disette, car ils
ne purent réussir à s'emparer de quelques barques des
sauvages, tentative que l'extrémité où ils étaient réduits
pouvait seule rendre excusable. Dans cette intervalle, la
division se mit entre les chefs de la conspiration. Le lieutenant Rodrigue de l'Isle, informé du fait, en profita pour
regagner quelques amis, déjà touchés de sa malheureuse
situation; il se servit de leur entremise pour faire représenter avec tant de force aux moins coupables la honte
éternelle de leur forfait, que ceux-ci saisirent les deux

11

chefs de la rébellion et vinrent avec le vaisseau amiral,
trouver la troupe abandonnée sur le rivage. Alors Rodrigue attaqua les rebelles, les défit, les emmena prison-
niers, fit couper la tête aux principaux et se retira à la
baie de Tous-les-Saints, puis à Hispaniola, où les autres
conjurés furent punis de mort[1]. »

Ces faits n'ont rien d'invraisemblable ; toutefois il
faut la réputation de véracité dont jouit le bon Herrera
pour que nous acceptions sans réserve le récit de ces
événements dramatiques.

[1] Herrera, décad. 5, livre VIII, chap. v.

CHAPITRE IV

FRANCIS DRAKE

(1577)

Jusqu'ici, les Espagnols seuls étaient en possession du passage du détroit de Magellan. Drake est le premier Anglais qui ait ouvert à ses compatriotes la route déjà frayée par d'audacieux navigateurs.

Né en Devonshire, de parents assez obscurs et très pauvres, Francis Drake fut placé de bonne heure sous un patron de barque qui fut si satisfait de son zèle et de sa conduite, qu'en mourant il lui laissa la propriété de sa barque.

Drake avait pris goût à la mer. On sait peu de chose de ses premières navigations; mais, en 1567 (il avait environ vingt-sept ans), il accompagna un de ses parents, le capitaine John Hawkins, dans une expédition au Mexique. C'est pendant cette campagne qu'il conçut une haine profonde contre les Espagnols, qu'il poursuivit partout avec acharnement. Entre autres faits, on raconte qu'ayant été averti que trois convois de cent neuf mulets environ, chargés d'argent, conduits par des Espagnols, devaient passer entre Rio-Francisco et Nombre-de-Dios, il s'associa l'équipage d'un navire français, se mit en embuscade, enleva une quantité d'argent considérable qu'il porta sur ses vaisseaux, et enfouit dans la vase d'une rivière le reste du trésor, dont il ne retrouva plus tard qu'une assez faible partie.

Ceci se passait dans l'isthme de Darien; ç'est une de ses excursions dirigée vers cette partie de l'Amérique qui lui fit apercevoir, dit-on, le 11 février 1573, du haut d'un arbre sur le sommet d'une montagne, la grande mer du Sud, dont la découverte avait, soixante-six ans auparavant, frappé l'imagination de Balboa[1]. Jusque-là Drake n'avait été qu'un coureur d'aventures, qu'un pirate. Il résolut dès lors, à l'imitation des premiers conquérants espagnols, de devenir un découvreur de terres nouvelles, un *conquistador*.

A son retour en Angleterre, il se fit présenter à la reine Élisabeth, et lui exposa le projet qu'il avait formé d'une expédition dans la mer du Sud par le détroit de Magellan. La reine lui accorda son approbation et lui donna le commandement de cinq navires, avec le titre d'amiral. L'équipage se composait de cent soixante-quatre marins d'élite. Parmi les officiers se trouvaient le capitaine John Winter et l'infortuné Thomas Doughthy, dont on lira plus loin la fin dramatique.

Ce fut le 5 ou le 15 novembre 1577 que la flotte de Drake partit pour une expédition d'où il ne revint que trois ans après, presque jour pour jour. Sept mois après son départ, le 2 juin 1578, il mouillait dans la

---

1 Voir la première partie, chap. i.

baie de Saint-Julien, où nous avons dit plus haut qu'il trouva un gibet planté en terre, ce qui lui fit supposer que c'était en cet endroit que Magellan avait fait justice de « quelques rebelles et mutins de sa compagnie ». Par une étrange coïncidence, c'est également dans le port de Saint-Julien que Drake eut à sévir contre un des chefs de l'expédition qu'il dirigeait. Quel crime, quel acte de trahison reprochait-on à Thomas Doughthy? C'est ce qu'aucun témoignage n'est parvenu à mettre en évidence. On assure même que sa mort avait été résolue avant le départ de Plymouth, et que l'amiral Drake le sacrifia au ressentiment du comte de Leicester, que Doughthy avait offensé par quelques propos indiscrets. Quoi qu'il en soit, sur l'accusation, vraie ou supposée, d'un complot contre Drake à l'effet de rompre le voyage, il fut condamné à être, à son choix, abandonné sur le rivage, ou bien transporté en Angleterre pour y être jugé ou enfin décapité sans autre forme de procès.

Il choisit ce dernier parti. « Il se soumit courageusement à son sort et vit la mort sans s'effrayer. Il communia le matin de son exécution, avec Drake et plusieurs autres officiers, dîna à la même table qu'eux sans changer de visage, et leur dit adieu en buvant à leur santé, comme s'il fût parti pour un voyage. Le repas fini, il se leva avec fermeté et marcha sans chanceler au lieu de l'exécution. « Notre général, dit l'auteur du journal que nous citons et qui était un des compagnons de Drake, notre général nous a fait ensuite plusieurs belles remontrances, pour nous contenir tous en obéissance, union et amitié pendant le voyage; et, afin qu'il plût à Dieu nous en faire la grâce, il nous a exhortés à nous préparer cha-

cun pour faire la sainte communion le dimanche suivant,
comme frères en Jésus-Christ et bons amis, ce qui a été
effectué en toute révérence et au grand soulagement de
toute la compagnie; puis après chacun s'en est retourné
sur ses navires. »

En comparant cette scène avec celle de la baie de
Saint-Julien, dans le détroit de Magellan [1], on ne peut
s'empêcher d'être frappé de la différence que les mœurs,
l'éducation, les croyances introduisent chez les différentes
nations dans leur manière d'envisager la mort. Quelle
attitude misérable dans la conduite des rivaux de Magellan! Quelle noblesse, quelle constance, quel oubli des
injures dans les derniers moments de Doughthy!

Le *journal* authentique, ou, comme on disait autrefois, le *routier* original de la navigation de Drake ne
contient que de sobres, mais justes observations sur
la traversée du détroit, laquelle, effectuée en dix-sept
jours (du 20 août au 6 septembre) et d'ailleurs contrariée par le temps et par l'ignorance où l'on était des endroits bons à mouiller, ne permit de faire une étude
complète ni des hommes ni des choses.

Quelque temps après la sortie du détroi, le vaisseau
que commandait John Winter, séparé du reste de la flotte
par la violence du vent et de la tempête, regagna l'entrée
ouest du détroit, repassa de la mer du Sud dans l'Atlantique et revint en Angleterre le 2 juin 1579. Le capitaine se vanta, peut-être à tort, d'être le premier qui eût
effectué la traversée du détroit d'occident en orient, du
cap des Piliers au cap des Vierges.

---

[1] Voir la première partie, chap. vi.

CHAPITRE V

Nous avons déjà parlé de la colonie que l'Espagnol
Sarmiento tenta de fonder dans le détroit, aux environs
du cap Froward, tentative malheureuse et qui aboutit à
un si fâcheux résultat. A en croire les chroniques, Sarmiento était un homme vain et menteur. A son premier
voyage dans le détroit (il était parti du Callao pour
revenir en Espagne), il avait vu ou avait cru voir un
pays enchanté, et, l'imagination pleine de folles visions,
il était venu raconter au roi Philippe II les merveilles
qui faisaient du détroit un pays délicieux et tout à fait
propre à la colonisation. Séduit par ces récits menson-
gers ou très exagérés, le roi d'Espagne fit équiper
en 1581, une grande et belle flotte de vingt-trois navires,
montés par trois mille cinq cents hommes et dont Florès
de Valdès fut nommé amiral. Sarmiento était désigné

pour être le gouverneur de la nouvelle colonie. Jamais
entreprise ne commença sous de plus heureux auspices.
Malheureusement on avait compté sans les vents et les
tempêtes. Non loin des côtes d'Espagne, la flotte de Valdès en essuya une qui coula bas sept vaisseaux portant
huit cents hommes. Une autre tempête, près des côtes
du Brésil, fit périr l'un des plus gros bâtiments avec trois
cents hommes et vingt femmes destinées à peupler la
colonie. On n'arriva au détroit que vers la fin de l'été,
c'est-à-dire à une époque où la mer est presque toujours orageuse. Repoussée une première fois, la flotte
finit par y entrer et y laisser Sarmiento avec quatre
cents hommes et trente femmes pour fonder sa colonie,
qui fut pourvue de provisions pour huit mois. Des trois
vaisseaux que Sarmiento avait alors il en perdit un. Il
garda le second et renvoya le troisième en Espagne avec
Ribera, pour chercher des secours et d'autres provisions.

Il commença par faire construire à l'entrée du détroit
un fort qu'il nomma *Nombre-del-Jesu* (Nom-de-Jésus).
Il y laissa cent cinquante habitants. De là, s'acheminant
par terre au plus loin du détroit, il y construisisit une
place nommée *Philippeville,* qu'il garnit d'une bonne
artillerie. Mais la rigueur de l'hiver l'empêcha d'achever
l'ouvrage. Il prit alors vingt-cinq matelots et revint à
Nombre-del-Jesu, où un coup de vent cassa ses câbles et
le rejeta dans la mer. Il retourna à Rio-de-Janeiro pour
chercher les secours qu'on lui avait promis et qu'il n'y
trouva point, puis à Pernambouc, où il rasssembla quelques provisions, puis à la baie de Tous-les-Saints, où il
fit naufrage. Sans se décourager, il rebâtit un nouveau

vaisseau à Tous-les-Saints et remit à la voile avec ses provisions; mais une cruelle tempête l'obligea de tout jeter à la mer et de relâcher à Rio-de-Janeiro. En sortant pour une dernière fois de ce port, il fut pris par la flotte anglaise du chevalier Raleigh et conduit prisonnier en Angleterre.

Il est impossible de voir ailleurs une telle succession de mésaventures, et, à supposer que le récit que l'on vient de lire ne soit pas exagéré, on conviendra que, si l'entreprise de Sarmiento eut une fâcheuse issue, lui-même fut le jouet des éléments et la victime de l'imprévoyance humaine [1].

---

[1] Le nom de *Sarmiento* est resté à un des canaux latéraux de la côte de Patagonie.

CHAPITRE VI

THOMAS CAVENDISH

(1586-1592)

Thomas Cavendish, ou par abréviation Candish, était un gentilhomme anglais, riche, mais qui avait compromis sa fortune par des dépenses exagérées. Il résolut d'en réparer les brèches aux dépens des Espagnols, en courant sus à leurs navires dans les mers du Sud. Il lui restait encore assez d'argent pour équiper à ses frais une petite escadre de trois vaisseaux, dont il prit lui-même le commandement. Il partit de Plymouth le 21 juillet 1586 et se trouva, le 3 janvier suivant, à l'entrée du détroit de Magellan. On a vu plus haut dans quel état il trouva la colonie de Philippeville. Il poursuivit sa route et parvint au cap le plus méridional de tout le continent. Il lui donna le nom qu'il porte aujourd'hui (cap Froward). Le reste du voyage de Cavendish ne contient pas d'ailleurs d'événements mémorables. Seulement, comme il ramenait avec lui un Espagnol nommé Hernando, seul débris de la colonie, qu'il avait recueilli par pitié, cet homme le trahit d'une manière indigne. On était sorti du détroit, le 24 février 1587, après cinquante-deux jours de tra-

versée, et la petite flotte de Cavendish rangeait la côte
du Chili, cherchant à se procurer des vivres et surtout
de l'eau, lorsque Hernando, qu'on avait débarqué pour
s'aboucher avec ses compatriotes, trahit son libérateur
et avertit les Espagnols du fâcheux état où il se trouvait.
Pendant qu'il était descendu à terre pour l'*aiguade*[1],
il fut attaqué à l'improviste par deux cents hommes;
mais lui et les siens, qui n'étaient pas descendus sans
crainte sur ce rivage, se défendirent avec acharnement.
Il perdit douze hommes; mais il se vengea par la prise
d'un certain nombre de leurs bâtiments et par la ruine
de la ville de Payta.

De retour en Angleterre, le 9 septembre, 1588, Cavendish équipa une autre flotte pour un nouveau voyage.
Elle se composait de cinq bâtiments et mit à la voile, le
6 août 1591, dans le port de Plymouth. Le 8 avril 1592,
elle était arrivée dans le détroit, au Port-Famine, dans
la plus mauvaise saison de l'année. Les équipages eurent
à souffrir cruellement du froid. Pour sortir du détroit,
ils durent lutter contre de tels coups de vent, que le dégoût s'empara d'eux et qu'ils voulurent retourner au
Brésil, malgré les exhortations de l'amiral, qui finit par
y consentir. On abandonna sans humanité sur la côte,
près du cap Froward, les malades de l'équipage, qui
périrent dans la neige. Après d'autres vicissitudes qu'il
serait trop long de raconter et qui ne touchent pas d'ailleurs à notre sujet, Cavendish ne revit pas l'Angleterre :
il mourut en route un peu après sa sortie du détroit, au
mois de juillet 1593.

1 C'est-à-dire pour faire provision d'eau douce.

CHAPITRE VII

JOHN NARBOROUGH

(1670)

Depuis la découverte du passage à la mer du Sud par le cap Horn, découverte faite, en 1615, par Lemaire, ainsi qu'on l'a vu dans la *deuxième partie*[1], on avait à peu près abandonné la route du détroit, comme plus longue et plus difficile, lorsque le duc d'York, depuis roi d'Angleterre sous le nom de Jacques II, mais alors grand amiral, reprit le projet d'une exploration plus détaillée du détroit, et il confia cette mission au capitaine Narborough, homme très versé dans la navigation et très propre à se conformer aux vues de son maître. Ces vues furent consignées dans des instructions dont la teneur forme un programme complet qui témoigne de la sollicitude éclairée de son auteur et que, pour cette

[1] Voir la deuxième partie, chap. VIII.

raison, il n'est pas inutile de placer sous les yeux du
lecteur.

« Notre dessein, disait le prince, est de faire de nouvelles découvertes dans les mers et sur les côtes de cette
partie du monde qui est au sud, et d'y établir un commerce, s'il y a lieu. Vous ne toucherez point aux côtes de
l'Amérique, ni n'enverrez à terre sans une nécessité absolue, jusqu'à ce que vous soyez au sud de Rio-de-la-
Plata. Vous ne ferez aucune insulte aux Espagnols que
vous rencontrerez et ne leur donnerez aucun ombrage,
s'il est possible. Vous ferez les observations les plus
exactes que vous pourrez. Vous recommanderez la même
chose à votre contremaître et à l'équipage, par rapport
aux caps, îles, baies, havres, embouchures de rivières,
rochers, bas-fonds, sondes, marées et courants, et vous
dresserez la carte de tous les endroits où vous passerez.
Vous observerez les vents, les temps, tous les lieux où
vous prendrez terre. Vous remarquerez la nature des
terrains, les fruits, les arbres, les graines, les oiseaux
et les bêtes, les pierres, les minéraux et les poissons de
rivière et de mer. Vous ferez de votre mieux pour avoir
des minéraux et de la terre minérale, que vous appor-
terez en Angleterre et que vous remettrez entre les
mains du secrétaire de Son Altesse royale. Vous observerez aussi le naturel et les inclinations des Indiens qui
habitent le pays; et, quand vous pourrez entrer en correspondance avec eux, vous leur ferez connaître le pouvoir et les richesses du prince et de la nation dont vous
dépendez. Vous leur direz qu'on vous a envoyé exprès
pour établir des relations commerciales et lier amitié
avec eux. Et, afin qu'ils aient une haute idée du prince et

de la nation, vous veillerez surtout à ce que vos gens
ne les maltraitent pas, de peur qu'ils ne conçoivent de
l'aversion pour les Anglais. Au contraire, il faut tâcher
de gagner leur amitié en leur faisant bon accueil, et vous
châtierez ceux qui agiraient autrement. Faites savoir
tout cela à votre équipage, afin que personne n'en
ignore. »

Il est difficile de concevoir un programme plus sage-
ment ordonné, ni plus nettement rédigé. Le malheur,
c'est que l'exécution ne répondit pas au plan de l'auteur;
non pas qu'il y eut précisément de la faute de Narborough; mais enfin, soit pour une cause, soit pour une
autre, il ne réussit pas à ouvrir au commerce de l'Angleterre de nouvelles voies et de nouveaux débouchés.
Mais, si le commerce ne gagna rien au voyage de Nar-
boroug, il n'en fut pas de même de la navigation et de
la géographie. Parti de Deptford, sur la Tamise, le
26 septembre 1669, il entrait, le 13 octobre de l'année
suivante, dans le détroit, d'où il ne sortit que le 26 novembre, ayant mis par conséquent quarante-quatre jours
à en effectuer la traversée : non pas que son expédition
eût été contrariée par le mauvais temps, mais parce
que ses instructions l'obligeaient à s'arrêter souvent pour
faire les observations qui lui avaient été prescrites. Ces
observations sont consignées dans deux relations fort
détaillées et fort instructives, rédigées, l'une par Narborough lui-même, l'autre par Jean Wood, son contremaître. Nous n'extrairons de la première que ce qui est
relatif à quelques îles découvertes par Narborough et
auxquelles il donna son nom. Elles sont situées en face du
cap Pilar, à la sortie même du détroit dans la mer du

Sud, le long de la côte S.-O. d'une grande île que l'on désigne sous le nom de l'archipel de la Reine-Charlotte.

« Ce fut le 26 novembre que j'entrai dans la grande mer du Sud, remontant au nord, le long des côtes que je trouvai toutes garnies d'îles. J'abordai à celle de *Notre-Dame-du-Secours*. Les arbres y croissent jusque sur le bord de la mer. Ils sont gros, verts et de bonne odeur. Il y a quelques marées d'eau douce. En parcourant le rivage je trouvai une vieille cabane de branches d'arbres que les Indiens y avaient faite, et des bâtons qui paraissaient avoir été coupés depuis longtemps. Je ne vis pourtant aucune trace d'habitants, et il y a apparence que cette île n'est fréquentée que par des sauvages du continent qui y vont dans la belle saison chasser aux oiseaux, car je n'y trouvai autre chose qui pût servir de nourriture à l'homme. Je n'y découvris non plus aucune apparence de minéral ou de métal; le terrain est sablonneux, noirâtre et mêlé de roche. L'île est inégale et couverte partout de bois si impraticables, qu'il me fut impossible de découvrir l'intérieur de l'île. En général, les arbres n'y sont pas propres à la charpente et ressemblent aux hêtres et aux bouleaux. Le bois en est blanc et pesant; mais il ne peut servir à autre chose qu'à brûler. On n'y trouve ni fruits ni légumes, et peu d'herbe, parce que les bois sont trop épais; il n'y croît qu'une espèce de joncs qui sont fort longs et en grande quantité. Je ne vis aucune bête sauvage, mais beaucoup de petits oiseaux comme des moineaux, et quelques autres comme des milans, des oies sauvages noires et blanches et des mouettes. J'allumai du feu sur le rivage dans l'espérance qu'on me répondrait, mais en vain. Je nommai

Narborough[1], de mon nom, une autre île plus voisine du continent, dont je pris possession au nom du roi d'Angleterre. »

Voilà, à peu près, tout ce que nous savons de l'expédition de Narborough en Magellanie (comme on disait encore au siècle dernier). Narborough était un grand navigateur, et Bougainville, comme on verra plus loin, rend hommage à ses travaux.

---

[1] On connaît, en effet, sous ce nom un petit groupe d'îles situées à la sortie du détroit, au nord du cap Pilar, le long de la côte sud de la grande île désignée sous le nom d'*archipel de la reine Charlotte.*

CHAPITRE VIII

DE GENNES ET DE BEAUCHESNE-GOUIN

(1697-1698)

Jusqu'ici nous avons vu figurer parmi les explorateurs du détroit des Portugais, des Espagnols, des Anglais, des Hollandais, mais point de Français. Et pourtant près de deux siècles s'étaient écoulés depuis l'expédition de Magellan. Ce n'est pas que notre nation n'eût pris part de bonne heure aux voyages de découvertes. Dès le commencement du xvie siècle, nous voyons J. Cartier s'illustrer par la découverte du Canada. Mais le génie aventureux de nos marins ne les avait pas encore conduits vers les régions australes et dans les mers du Sud.

L'honneur d'une première tentative de ce côté du globe revient à deux Français dont les noms sont inscrits en tête de ce chapitre, et aussi, il faut bien le dire, à Louis XIV, le promoteur ou le protecteur de toutes les grandes entreprises de son siècle.

12

Le premier en date, M. de Gennes, avait déjà navigué dans les passes du fameux détroit, plutôt comme aventurier qu'en qualité de navigateur. La France était alors en lutte avec l'Espagne. La guerre maritime, grâce au concours des flibustiers et des aventuriers de tous pays, avait pris, dans le cours du xvie et du xviie siècle, un caractère de violence et de déprédation qui n'était pas toujours à l'honneur de notre pavillon, ni même à celui de l'humanité. C'est ainsi qu'à la suite d'une *course* dans le détroit, une tribu tout entière de Pécherais avait été impitoyablement détruite par ces hommes sans pitié, dans une anse du détroit qui a gardé longtemps la dénomination d'*anse du Massacre*. Et pourtant ces malheureux insulaires n'en pouvaient mais de la haine des Espagnols contre notre pavillon!

Pour atteindre plus directement cette nation rivale, Louis XIV, conseillé par son ministre Pontchartrain, résolut d'imiter Philippe II et de s'emparer, aux dépens des autres puissances européennes, d'un point dédaigné du globe qui conduisait au pays de l'or.

C'est sous l'influence de cette pensée politique qu'au commencement de l'année 1697 s'était formée la *Compagnie de la mer Pacifique*, dont les statuts, affichés sur tous les murs de la capitale, étaient de nature, par le style pompeux dans lequel ils étaient rédigés, à séduire les esprits. On y lisait, entre autres choses, que sept grands navires étaient mis par M. de Pontchartain à la disposition de la compagnie. Il s'agissait de s'en aller tout droit au pays des Patagons. On destinait aux volontaires qui s'enrôleraient pour cette expédition un bel uniforme bleu de roi tout galonné d'or, avec plumes couleur

orange au chapeau. Ce plumet fit tourner toutes les
jeunes têtes. « Il n'y avait fils de famille, dit un contemporain, qui n'en fût affolé. » En France, dès qu'on
fait reluire un uniforme, même pour les entreprises les
plus insensés, on est sûr d'entraîner les masses. « Mais
par malheur, ajoute le même contemporain, le magni-
fique plumet flottait sur plus d'une tête à l'évent, si bien
que, lorsque la compagnie des volontaires se fut rendue
à la Rochelle, conduite par de jeunes étourdis dont leurs
familles prétendaient faire d'heureux aventuriers, n'en
pouvant faire de bons sujets, il n'y eut pas d'extrava-
gances et de dépenses folles dont le port austère de la
Rochelle ne devînt le théâtre. »

Quand M. de Gennes, à qui la conduite de l'expédition
avait été naturellement dévolue par la compagnie, fut arrivé à la Rochelle et qu'il eut vu à quelles gens il aurait
affaire et quelle compagnie d'étourneaux il aurait sous
ses ordres, il reprit la poste pour Versailles, se présenta
à Louis XIV et remit sa démission entre les mains du
roi, qui l'accepta et nomma, pour le remplacer, M. de
Beauchesne-Gouin, brave officier estimé de tous, mais
qui avait un tort, celui de ne point appartenir à la *ma-*
rine du roi. Supposez aujourd'hui un capitaine au long
cours qui serait appelé par décret au commandement d'un
navire de l'État. On cria alors, comme on crie toujours
en semblables rencontres; mais l'avantage, dans les mo-
narchies absolues, est, comme dit notre vieux Corneille :

De n'examiner rien quand un roi l'a voulu.

M. de Beauchesne ne tint compte des murmures que
sa nomination souleva parmi les officiers. Il commença

par débarrasser la Rochelle des gens à plumet, et les remplaça par des ingénieurs dont les travaux attestent encore aujourd'hui la grandeur des projets conçus par le commandant de l'expédition.

Pendant tous ces événements, la situation politique avait bien changé. La paix avec l'Espagne venait d'être signée (octobre 1697, traité de Ryswick). Il ne s'agissait plus de courir sus aux Espagnols sur toutes les mers, et particulièrement sur les côtes du Chili et du Pérou. Il fallait au contraire, arrêter les ravages des flibustiers, les combattre au besoin, et finalement prendre position sur un point du détroit d'où l'on pourrait commander aux deux mers. On réduisit la flotte à trois navires et à un petit bâtiment de conserve. L'expédition ayant un caractère plus commercial que belliqueux, on embarqua peu de soldats et l'on chargea un habile homme, M. Haisse, de diriger les transactions commerciales. Deux jeunes ingénieurs, MM. Delabat et Duplessis, furent chargés de relever tous les points du détroit, d'en explorer toutes les rivières. Ils savaient dessiner, les officiers étaient d'habiles chasseurs, les chirurgiens avaient des notions d'histoire naturelle : tout concourait à rendre l'expédition utile et fructueuse.

On mit à la voile le 17 décembre 1698. Un des premiers actes du commandant Beauchesne, dès qu'il fut entré dans le détroit, fut de réparer, autant que cela était possible, le sinistre événement de l'*anse du Massacre*. « Non seulement un ordre du jour avait prescrit, dès le début du voyage, la plus grande douceur envers les innocents Fuégiens, mais des fers de flèches avaient été forgés à bord spécialement pour eux et leur étaient

journellement distribués, avec les bagatelles qu'on donne
ordinairement aux sauvages. Les résultats de cette conduite ne pouvaient être douteux, surtout avec la fermeté
de notre commandant malouin. Pas un acte de violence
ne rappela les scènes qui avaient ensanglanté le détroit
lors des incursions de la dernière guerre; mais des actes
touchants prouvèrent que ces pauvres gens comprenaient
le caractère tout pacifique de la mission de leurs nouveaux hôtes. Un jeune officier, s'étant imprudemment
avancé dans ce dédale inextricable d'îles au milieu des
neiges, avait été abandonné par ses compagnons; les
braves Pécherais le recueillirent à demi mort, se privè-
rent de leur nourriture pour le ranimer et le ramenèrent
bientôt au camp des Français. Tant il est vrai que les
peuples les plus sauvages ne sont pas inaccessibles aux
sentiments de bienveillance et de tolérance, dès qu'on
use de bons procédés à leur égard !

La science et l'humanité revendiquent une part égale
dans les résultats de l'expédition de M. de Beauchesne.
En même temps que par un acte d'humanité il se conci-
liait la faveur des indigènes, un de ses ingénieurs dessinait leurs traits et leurs mœurs dans l'esquisse suivante
qui mérite d'être reproduite avec le langage du temps :
« Ils sont doux et fort humains; ils étaient si bien accoutumés avec nous qu'ils nous suivaient presque dans
tous les ports pour nous y apporter du gibier; aussi qui
que ce soit de nous ne leur a-t-il fait de mal; car autrement je crois qu'ils seraient hommes comme les autres;
ils en donnèrent la preuve aux flibustiers, à la rivière du
Massacre. »

Les femmes particulièrement se montrèrent douces,

bienveillantes, secourables. Les farines et les vivres emportés de la Rochelle s'étant avariés, ce fut aux mal-
heureuses Fuégiennes que les équipages de M. de Beauchesne durent leur subsistance. Au moindre signe de
leurs hôtes, elles plongeaient pour arracher des coquillages aux rochers. Au milieu des misères et des privations, le matelot français ne perd jamais sa bonne humeur, sa jovialité. Ils avaient nommé *Mort-au-Pain* une
station où ils avaient failli mourir de faim.

Ce ne fut pas sans une vive satisfaction que les équipages débouquèrent enfin dans le grand Océan, et quit-
tèrent une région où ils s'étaient vus soumis à de vrais
périls et aux plus rudes privations. Le 19 janvier 1700,
l'un des ingénieurs de l'expédition écrivait : « On ne
peut exprimer avec quel enchantement nous sortîmes du
détroit où nous avons resté dix mois et vingt jours [1] ! »

---

[1] Le *Magasin pittoresque* (année 1858) nous a fourni sur les expédi-
tions de de Gennes et de Beauchesne de précieuses indications que nous
aurions vainement cherchées dans le recueil de de Brosses.

CHAPITRE IX

DE BOUGAINVILLE

(1767)

Il s'en fallut de peu, paraît-il, que M. de Beauchesne ne ravît à Bougainville la gloire d'être le premier Français qui eût fait le tour du monde. Grâce à des circonstances indépendantes de sa volonté[1], il en laissa tout l'honneur à son illustre compatriote. Toutefois il faut avouer que l'éducation que reçut Bougainville et le milieu dans lequel il passa sa première jeunesse ne le préparaient guère à la carrière de marin.

Né à Paris le 11 novembre 1729, fils d'un notaire qui était en même temps échevin, Bougainville fit de bonnes études à l'université de Paris. Pour se conformer aux

---

[1] « Des démêlés avec les Espagnols sur les côtes du Chili et du Pérou, un combat même où il n'y eut que trop de sang versé, changèrent les desseins du chevalier de Beauchesne et le firent renoncer à l'idée de passer dans la mer des Indes. » (*Magasin pittoresque,* année 1858.)

vœux de sa famille, il étudia le droit et se fit recevoir
avocat au parlement. C'était là, il faut l'avouer, une singulière préparation à la marine, qui paraît avoir été sa
vocation naturelle. Toutefois il n'entra pas sans transi-
tion dans le service de mer. Par suite de quelles circonstances embrassa-t-il d'abord la carrière des armes?
C'est ce qu'aucun biographe ne nous fait connaître. Ce
qu'il y a de certain, c'est qu'à ses débuts dans la carrière
juridique il se faisait inscrire aux mousquetaires noirs,
qu'il publiait un ouvrage sur les mathématiques, auxquelles il avait été initié par d'Alembert lui-même et
pour lesquelles il avait montré de bonne heure une aptitude particulière. Il avait alors vingt-trois ans. Après
avoir servi une dizaine d'années au Canada et ailleurs,
la paix de 1763 laissant les officiers sans emploi, il
obtint des commerçants de Saint-Malo quelques vaisseaux
pour aller fonder un établissement aux îles Falkland, auxquelles il donna le nom de *Malouines*[1]. Dans ce voyage,
il eut occasion de visiter pour la première fois le détroit
de Magellan; mais il n'a laissé aucune relation imprimée
ou manuscrite de ce premier voyage. Bougainville avait
reçu au moment de son départ le grade de capitaine de
vaisseau. On ne voit pas que cette nomination, quelque
peu insolite d'ailleurs, ait soulevé les murmures de pro-
testation qu'avait provoqués un siècle auparavant l'élévation au même grade de M. de Beauchesne. Il est vrai
que Bougainville comptait des années de service, soit
dans les armées du roi, soit dans les ambassades. Quoi
qu'il en soit, à peine était-il arrivé aux îles Malouines,

---

[1] Les habitants de Saint-Malo s'appellent *Malouins*.

que la paix était signée avec l'Espagne (1763). Cette puissance, jalouse de posséder ces îles, qui commandaient en quelque sorte l'entrée du détroit, en réclama la restitution au cabinet de Versailles, qui s'empressa de lui donner satisfaction sur ce point.

Bougainville, à la nouvelle du traité, revint en France, et, se trouvant alors sans emploi, fut chargé d'opérer solennellement la remise des îles Malouines aux agents espagnols. De là il devait se rendre dans les Indes orientales, en traversant la mer du Sud, et revenir enfin par le cap de Bonne-Espérance. Tel était le plan sommaire de ce voyage, le premier qui fut accompli autour du monde par un Français, deux siècles et demi après celui de Magellan.

Pour cette grande et mémorable expédition on n'accorda à Bougainville que deux navires : *la Boudeuse,* frégate de vingt-six canons, et la flûte *l'Étoile,* destinée à porter les vivres nécessaires pour une longue campagne[1].

Le départ fut fixé au 15 novembre 1766. Ce jour-là, *la Boudeuse* quitta le port de Nantes pour se rendre à la Plata. Nous n'avons pas à suivre le navire dans toutes

---

[1] Voici les noms des officiers qui accompagnaient Bougainville : 1° sur *la Boudeuse :* MM. Duclos-Guyot, capitaine de brûlot; de Bournand, d'Oraison, du Bouchage, de Suzannet, de Kue, enseignes de vaisseau; le Corret, officier marchand; Saint-Germain, écrivain; la Vèze, aumônier, et la Porte, chirurgien-major.

2° Sur *la Flûte :* Chesnond de la Giraudais, capitaine de brûlot; Caro, lieutenant des vaisseaux de la compagnie des Indes; Donat, Landais, Fontaine, Lavary-le-Roi, officiers marchands; Michaud, écrivain; Vivès, chirurgien-major.

Il faut ajouter MM. de Commerçon, médecin, Verron, astronome, et de Romainville, ingénieur.

ses étapes. Nous avons hâte de le voir s'engager dans le détroit, événement qui arriva le 6 décembre 1767, après plusieurs jours de luttes contre les vents et les courants qui lui en disputaient l'entrée. La sortie s'effectua cinquante-deux jours plus tard au cap des Piliers, après une traversée des plus pénibles. Toutefois Bougainville conseille toujours de préférer cette route à celle du cap Horn, depuis le mois de septembre jusqu'à la fin de mars. « Pendant les autres mois de l'année, dit-il, quand les nuits sont de seize, dix-sept et dix-huit heures, je prendrais le parti de passer à mer ouverte. Le vent de bord et la grosse mer ne sont pas des dangers[1], au lieu qu'il n'est pas sage de se mettre dans le cas de naviguer à tâtons entre des terres. On sera sans doute retenu quelque temps dans le détroit, mais ce retard n'est pas en pure perte. On y trouve en abondance de l'eau, du bois et des coquillages, quelquefois aussi de très bons poissons; et assurément je ne doute pas que le scorbut ne fît plus de dégât dans un équipage qui serait parvenu à la mer occidentale en doublant le cap Horn, que dans celui qui sera entré par le détroit de Magellan : lorsque nous en sortîmes, nous n'avions personne sur les cadres. » Il est vrai qu'à la fin de la campagne autour du monde la *Boudeuse* et l'*Étoile* avaient perdu sept hommes; mais il faut se hâter d'ajouter que cette campagne avait duré deux ans et quatre mois.

On a remarqué dans l'extrait qu'on vient de lire le caractère tout pratique de la rédaction de l'auteur. Il

---

[1] « Un navire solide et bien construit n'a rien à craindre des fureurs de la mer tant qu'il reste au large. » (L. Cottèau, *Promenade autour de l'Amérique.*

écrit pour les marins, dit-il et il ajoute : « D'ailleurs, cette longue navigation autour du globe n'offre pas la ressource des voyages de mer en temps de guerre, qui fournissent des scènes intéressantes pour les gens du monde. Encore si l'habitude d'écrire avait pu m'apprendre à sauver par la forme une partie de la sécheresse du fond! Mais, quoique initié aux sciences dès ma plus tendre jeunesse, où les leçons que daigna me donner M. d'Alembert me mirent dans le cas de présenter à l'indulgence du public un ouvrage sur la géométrie, je suis maintenant bien loin du sanctuaire des sciences et des lettres; mes idées et mon style n'ont que trop pris l'empreinte de la vie errante et sauvage que je mène depuis douze ans. Ce n'est ni dans les forêts du Canada, ni sur le sein des mers que l'on se forme à l'art d'écrire, et j'ai perdu un frère dont la plume, aimée du public, eût aidé à la mienne[1]. »

Bougainville est trop modeste. On a lu plus haut, dans la deuxième partie de cet ouvrage, le récit de son entrevue avec les Pécherais et de la mort d'un pauvre enfant de cette peuplade. On a remarqué la simplicité de ce style, qui n'est pas dépourvu de grâce. Ajoutons la précision des détails, la netteté des contours, et l'on aura le caractère de cette rédaction, qui, avec un peu plus d'animation et de chaleur, serait le modèle des récits de voyages. Il faut encore, pour mieux mettre en évidence les mérites littéraires du journal de Bougainville, offrir au lecteur une courte citation qui nous

---

[1] Ce frère aîné de Bougainville n'était pas un écrivain sans mérite. Il était membre de l'Académie des inscriptions et belles-lettres. Il mourut trois ans avant le départ du navigateur.

ramènera dans le détroit de Magellan. Il s'agit ici du cap Froward.

« Ce cap est la pointe la plus méridionale de l'Amérique et de tous les continents connus. D'après de bonnes observations, nous avons conclu sa latitude australe de 54° 5' 45''. Il présente une surface à deux têtes d'environ trois quarts de lieue, dont la tête orientale est plus élevée que celle de l'ouest. La mer est presque sans fond sous le cap : toutefois, entre les deux têtes, dans une espèce de petite baie embellie par un ruisseau assez considérable, on pourrait mouiller par quinze brasses, fond de sable ou de gravier; mais ce mouillage, dangereux par le vent du sud, ne doit servir que dans un cas forcé. Tout le cap est un rocher vif et taillé à pic; sa cime élevée est couverte de neige. Il y croît cependant quelques arbres dont les racines s'étendent dans les crevasses et s'y nourrissent d'une éternelle humidité. Nous avons abordé au-dessous du cap, à une petite pointe de rocher sur laquelle nous eûmes peine à trouver place pour quatre personnes. Sur ce point, qui termine ou commence un vaste continent, nous arborâmes le pavillon de notre bateau, et ces antres sauvages retentirent pour la première fois de plusieurs cris de : *Vive le roi!* »

On aura remarqué, dans ce petit tableau, l'effet produit par certains mots fort ordinaires, mais qui acquièrent une valeur pittoresque par la place qu'ils occupent : « petite baie *embellie*, etc.; — s'y nourrissent d'une *éternelle humidité*, etc. »

Si modeste qu'elle soit, la déclaration de l'auteur n'est donc pas entièrement dépouillée de toute préoccupation littéraire. Ce qui le prouve encore mieux, ce sont les

épigraphes qu'il place en tête de ses chapitres et qui
sont ordinairement empruntées à Virgile. Par exemple, le
chap. VIII, qui contient le commencement de la navigation dans le détroit, débute par ce vers de l'*Énéide* :

Nimborum in patriam, loca fœta furentibus austris.

Ailleurs, lorsqu'il est assailli au port Galant, au fond de
la baie Fortescue, par la pluie, le vent, la neige, un
froid très vif, il cite ce verset du Psalmiste : *Nix, grando,
glacies, spiritus procellarum*[1].

Donc Bougainville n'est pas sincère ou il est trop
modeste quand il nous dit qu'il n'écrit que pour les
marins. Il sait bien qu'il sera lu par une autre classe de
lecteurs.

Mais, en même temps qu'il est modeste, il se montre
soucieux de sa compétence d'officier de marine traitant
de choses, dont, suivant lui, les marins seuls devraient
parler. Il n'admet pas que des gens qui ne sont pas du
métier se mettent à discuter des choses qu'ils n'ont pas
pratiquées. Il est fort chatouilleux à cet endroit. « Je
suis voyageur et marin, dit-il, c'est-à-dire un menteur
et un imbécile aux yeux de cette classe d'écrivains paresseux qui, dans les ombres de leur cabinet, philosophent
à perte de vue sur le monde et ses habitants, et sou-
mettent impérieusement la nature à leurs imagina-

---

[1] Il termine la relation de son voyage par cet autre vers de Virgile :

Puppibus et læti nautæ imposuere coronas.

Après son retour en France, Bougainville joua un rôle dans nos guerres
maritimes, mais il ne fit plus de voyages scientifiques. En 1790, il donna
sa démission de chef d'escadre, et mourut en 1811, âgé de quatre-vingt-
deux ans.

tions[1]. » Ailleurs encore, tout en rendant justice aux journaux de ces illustres prédécesseurs, Narborough et de Beauchesne, il regrette de n'avoir pas ces journaux tels qu'ils étaient sortis de leurs mains et d'être obligé de n'en consulter que des extraits défigurés. « Outre l'affectation des auteurs de ces extraits à retrancher tout ce qui peut n'être qu'utile à la navigation, s'il leur échappe quelque détail qui y ait trait, l'ignorance des termes dont un marin est obligé de se servir leur fait prendre pour des mots vicieux des expressions néces- saires et consacrées qu'ils remplacent par des absurdi- tés. Tout leur but est de faire un ouvrage agréable aux femmelettes des deux sexes[2], et leur travail aboutit à composer un livre ennuyeux à tout le monde et qui n'est utile à personne. »

Bougainville est dur pour le pauvre monde. En lui accordant le mérite littéraire qu'il se refuse, nous eus- sions désiré qu'en revanche il voulût bien reconnaître qu'en les revêtant d'une forme appropriée à l'intelligence de nos jeunes lecteurs, nous n'avons pas trop défiguré les faits géographiques et maritimes qui font l'objet de ces études.

---

[1] Bougainville fait-il allusion ici à l'abbé Raynal ? *L'Histoire philoso- phique et politique*, etc., venait de paraître (1770) quand il publia son *Voyage autour du monde* (1771-72).

2 Ceci est un trait. Bougainville passait pour un homme d'esprit. On cite de lui des mots qui avaient du succès dans les salons.

CHAPITRE X

DUMONT D'URVILLE

(1837-1838)

On a vu que la marine française n'entra que fort tard dans la route ouverte par les Magellan, les Drake et les Narborough; mais, quand elle se lança à son tour dans la voie des découvertes géographiques, elle s'y distingua par les qualités les plus rares, l'audace dans les entreprises, la persévérance dans les recherches, le courage dans l'adversité. Les beaux travaux de Beauchesne et de Bougainville ont immortalisé leurs auteurs. Les voyages de la Pérouse et de d'Entrecasteaux ont enrichi les sciences nautiques et géographiques d'une foule de notions précieuses. Enfin Dumont d'Urvillle, en marchant sur les traces de ces illustres explorateurs et en étudiant avec soin le détroit de Magellan, qu'il visita attentivement dans son troisième voyage, nous fournit une nouvelle occasion de rendre hommage à notre marine nationale.

Ce grand navigateur était né le 23 mai 1790 à Condé-
sur-Noireau, petite ville du département du Calvados.
Sa famille, comme celle de Bougainville, était vouée aux
fonctions paisibles de la magistrature, et, comme elle,
alliée à la meilleure noblesse du pays. Le milieu dans
lequel s'écoula l'enfance de Dumont d'Urville ne pro-
mettait guère un marin. Cette enfance elle-même fut
chétive et malheureuse. Il n'avait pas cinq ans qu'il perdit son père. Sa mère, une excellente femme, veilla avec
tendresse et dévouement sur une existence que semblait
menacer une constitution débile. En rappelant plus tard
ce dévouement et cette tendresse, il aimait à y rattacher
le souvenir des soins que lui prodiguaient ses sœurs et
surtout la cadette, aimable jeune fille dont les pensées
de chaque instant étaient pour son frère.

Cependant, à défaut d'une direction paternelle, vigi-
lante et éclairée, l'éducation de l'enfant se développait
un peu au hasard. L'étude des plantes paraît avoir
eu de bonne heure pour lui un vif attrait, et il con-
serva toujours un goût spécial pour la botanique,
comme on peut le voir en lisant ses voyages. Il lut de
bonne heure aussi l'*Histoire du peuple de Dieu*, par le
P. Berruyer, et cet ouvrage avait le don de le charmer.
D'autres lectures non moins sérieuses ne le préparaient
guère à la vie de marin, lorsque sa mère lui mit un
jour entre les mains, l'*Histoire de l'Amérique*, par Robertson. C'en était fait; l'avenir du jeune homme était
fixé; la gloire de Colomb le transportait d'admiration et
ne le laissait plus dormir. C'est sous l'empire de ces
idées qu'il fut placé au lycée de Caen pour y faire ses
études. A peine les eut-il achevées qu'il déclara à sa

mère sa volonté bien arrêtée d'être marin. On comprend
la surprise douloureuse que causa à cette tendre mère
cette révélation inattendue. Sur ces entrefaites, la révolution, qui avait tout bouleversé, avait aussi porté le
trouble et la confusion dans le corps de la marine, mal
recruté à cette époque. Jeté au milieu d'un monde rude et
vicieux, si peu en harmonie avec ses goûts et avec les prin-
cipes qu'il avait reçus, Dumont d'Urville eut beaucoup
à souffrir pendant toute la durée de son noviciat. Enfin, à
l'âge de vingt-deux ans, il obtint son brevet d'enseigne
de vaisseau. Six ans après, il était attaché à la mission
du capitaine Gauthier, chargé par le gouvernement d'un
travail hydrographique dans la mer Noire et dans la
partie orientale de la Méditerranée. C'est dans ce voyage
que Dumont d'Urville fit la découverte de la belle statue
de la *Vénus de Milo,* un des plus rares chefs-d'œuvre de
la sculpture antique, et c'est à la suite de cette mission
qu'il obtint le brevet de lieutenant de vaisseau. Il avait
alors trente ans (1821).

Dumont ne languit pas dans les loisirs d'une dangereuse oisiveté. De 1822 à 1825 il fit sur la corvette *la
Coquille,* sous le commandement de Duperrey, un premier voyage autour du monde, à la suite duquel il rapporta de riches collections d'histoire naturelle, une *flore
des Malouines* en latin. Nommé capitaine de frégate, il
fut chargé, en 1826, d'explorer la Nouvelle-Zélande et la
Nouvelle-Guinée, et en même temps de rechercher le lieu
où avait péri la Pérouse; *la Coquille* changea son nom
et fut appelée *l'Astrolabe :* c'était celui d'un des vaisseaux
de l'infortuné navigateur. De retour en 1829, Dumont
d'Urville reçut en récompense de ses services le grade

13

de capitaine de vaisseau. Mais la révolution de 1830 arriva, et pendant sept années il ne reprit plus la mer. Il employa ce temps à rédiger son grand voyage à la recherche de la Pérouse. Soixante-cinq cartes ou plans et trois mille planches anatomiques à dessiner, huit à dix mille espèces d'animaux et six mille six cents espèces de végétaux à classer, sans compter plusieurs centaines d'échantillons de roches à enregistrer, tout cela l'occupa jusqu'au moment où il dut partir pour un troisième voyage. Il se proposait, dans cette nouvelle campagne de combler les lacunes qui existaient dans la géographie et l'hydrographie des régions déjà explorées par lui. Le gouvernement, favorable à ses projets, lui confia de nouveau le commandement de la corvette *l'Astrolabe*, à laquelle on adjoignit *la Zélée*, commandée par M. Jacquinot. Le départ était fixé pour le 7 septembre 1837, dans la rade de Toulon[1].

« Ce jour-là, à midi précis, je fis mes adieux à ma femme et à mes enfants. Ce moment fut bien douloureux

---

[1] Voici comment était composé l'état-major des deux navires : 1° sur *l'Astrolabe*, M. de Roquemaurel, lieutenant de vaisseau, commandant en second; puis venaient MM. Barlatier, Demas, Duroch, Marescot, Duthilleul, Gourdin, Coupvent-Desbois, Vincendon-Dumoulin, Ducorps, Himbron, Dumoutier, le Maistre du Parc, Gervaise, Lafond, Boyer, le Breton, Desgray; 2° sur *la Zélée* : MM. Jacquinot, commandant, du Bouzet, second, Thanaron, Tardy de Montravel, Pavin de la Farge, Coupvent-Desbois, Mun de Kermadec, le Guillou, Goupil, Gaillard, Périgot, Boyer de Flotte, Jacquinot.

On comptait en outre quatre-vingt-cinq hommes d'équipage ou agents divers sur *l'Astrolabe*, et quatre-vingt-dix-huit hommes d'équipage, etc., sur *la Zélée*, en tout deux cent quatorze, tant officiers que matelots.

MM. Goupil et le Breton étaient deux dessinateurs très distingués, qui ont illustré d'une manière tout à fait remarquable le grand ouvrage de Dumont d'Urville.

pour moi. Deux fois j'avais déjà subi cette cruelle épreuve;
mais alors j'étais jeune, robuste, plein d'espérance et
d'avenir et sous l'empire des illusions. Mais, en 1837,
j'étais vieux [1], sujet aux atteintes d'une cruelle maladie,
complètement désenchanté et sans aucune illusion. Je
quittais tout ce qui m'était cher au monde, je renonçais
volontairement au seul bonheur que je pouvais goûter
pour me lancer de nouveau dans une carrière pénible,
ingrate, et qui ne devait peut-être m'offrir aucun dé-
dommagement réel. »

Les deux corvettes sortirent de la rade de Toulon le
8 septembre 1837, et arrivèrent, environ deux mois
après, en vue du cap des Vierges le 12 décembre suivant. Le but du commandant d'Urville n'était pas de
traverser le détroit pour se rendre dans la mer du Sud,
comme l'avaient fait tant de navigateurs avant lui. Il
devait, autant qu'il lui était possible, visiter le détroit
de Magellan; mais l'objet principal était l'exploration
des régions antarctiques et la découverte de nouvelles
terres autour du pôle Sud.

Entré dans le détroit le 12 décembre 1837, d'Urville
en sortit le 8 janvier 1838 [2], ayant ainsi employé vingt-
sept jours à en étudier certains points. Le Port-Famine
le retint treize jours, c'est-à-dire qu'il consacra la moitié
de son séjour dans le canal de Magellan à explorer les
environs de ce lieu, qui de tout temps, ainsi qu'on l'a

---

[1] Il n'avait alors que quarante-sept ans; on n'est pas vieux à cet âge;
mais l'esprit de Dumont d'Urville inclinait toujours un peu au pessimisme.

[2] Par le même cap des Vierges, par où il était entré. Dumont d'Urville
ne parcourut pas le détroit dans toute sa longueur; il s'arrêta à peu près
à mi-chemin, au Port-Galant, au fond de la baie Fortescue.

vu, a eu le privilège d'attirer l'attention des navigateurs.
En effet, le débarquement y était toujours facile. Il y
avait une belle source précisément devant les navires, à
l'ancre dans un port sûr et commode. Sur la plage, on
trouvait des troncs abattus et tout secs pouvant servir
au chauffage et aussi à la construction, et dans les environs une forêt qui pouvait, suivant les expressions du
commandant, « en approvisionner encore, durant un
siècle ou deux, tous les navires qui passeraient dans le
canal. »

Ce n'est pas tout; les rochers de la côte sont littérale-
ment couverts de coquillages de toute sorte; moules, patelles, fissurelles, buccins, etc., qui offraient un délicieux
supplément aux gamelles de l'équipage, sans compter
les touffes nombreuses de céleri dont ces plages sont
pourvues, et une sorte de petite composée, analogue au
pissenlit pour la forme et le goût, dont on pouvait faire
une excellente salade. Enfin on y trouvait, pour établir
l'observatoire, un lieu abrité par une petite colline contre
les vents les plus violents.

Pendant que les ingénieurs de l'expédition se livraient
à des travaux sur l'hydrographie du détroit et même sur
la physique du globe, le commandant, suivant son goût
particulier, explorait les environs du Port-Famine pour
enrichir ses herbiers des plus beaux spécimens de la
flore magellanique.

Un jour qu'après avoir récolté de magnifiques échantillons de cette flore il allait se rembarquer pour rejoindre
l'*Astrolabe,* son patron lui remit un petit baril qu'il avait
trouvé suspendu à un arbre de la plage, près d'un poteau
portant l'inscription suivante : *Post-office.* Le baril ayant

été porté à bord, d'Urville l'ouvrit et prit connaissance
de son contenu. C'étaient des notes des capitaines qui
avaient passé par le détroit sur l'époque de leur passage, les circonstances de leur traversée, quelques avis
à leurs successeurs et des lettres pour l'Europe et les
États-Unis. Il paraît qu'au temps où la pêche des phoques
avait attiré bon nombre d'Américains dans ces parages,
l'un d'eux, M. Water-House, avait déposé au Port-Famine
une bouteille servant à recevoir les notes et les lettres
des divers navires. Ceux qui passaient par le détroit
pour se rendre soit en Europe, soit au Chili, empor-
taient les dépêches à leur destination. Le capitaine anglais Carrick eut l'heureuse idée de convertir la bouteille
de Water-House en un véritable bureau de poste sans
directeur ni commis. Le modeste baril fut placé à cette
extrémité du monde sous la sauvegarde de l'humanité et
à l'usage des navigateurs.

Après qu'on eut *levé* les lettres qu'il contenait, le baril
fut religieusement remis à sa place, et sur un poteau
voisin on grava l'inscription suivante :

CORVETTES FRANÇAISES ASTROLABE ET ZÉLÉE;
COMMANDANT D'URVILLE;
ARRIVÉES ICI LE 15 DÉCEMBRE 1837,
PARTIES LE 28 DÉCEMBRE POUR LE PÔLE AUSTRAL.

Une boîte revêtue de zinc reçut les dépêches pour la
France avec une note pour les navigateurs futurs. Elle
fut attachée au poteau avec un écriteau où l'on pouvait
lire du mouillage : POSTE AUX LETTRES, singulière institution qui ne réclamait ni agents ni inspecteurs, et qui

se recommandait d'elle-même à ce qu'il y a de plus sacré
dans le cœur de l'homme : la conscience de l'humanité.

Les forêts des environs et la chaîne du mont Tarn
fournirent aux officiers de l'expédition l'occasion de faire
des excursions et des ascensions toujours fort intéressantes, mais qui ne furent pas toujours exemptes de
périls. Enfin, le 28 décembre, on levait l'ancre pour s'enfoncer un peu plus dans le détroit jusqu'au Port-Galant,
terme de la navigation de l'*Astrolabe* dans ces parages.
Chemin faisant, on passa devant le cap Froward, que
d'Urville appelle le cap *Sourcilleux*, mot qui définit bien
cette « pointe extérieure du continent américain, cette
limite commune où viennent se confondre les eaux des
deux océans, ce point jadis si redouté des navigateurs
à cause des sautes de vent brusques et soudaines qui
viennent souvent tromper leurs plus belles espérances ».
Sur la côte opposée de la Terre-de-Feu, les terres, bien
plus accidentées, présentent les formes les plus étranges :
pyramides aiguës, dômes arrondis, clochers ou mame-
lons réunis deux à deux, chicots à trois pointes, dente-
lures profondes, etc., tout cela entremêlé de ravins
creusés par le temps. « Quand on contemple, s'écrie
d'Urville, ces merveilleux accidents du sol, l'imagination
se reporte involontairement à l'une de ces révolutions
du globe dont les puissants efforts durent morceler la
pointe méridionale de l'Amérique, et lui donner la forme
de cet archipel compact qui a reçu le nom de Terre-de-
Feu. Mais quel fut l'agent mis en œuvre par la nature
pour opérer ces résultats, le feu, l'eau, ou un simple
déplacement des pôles? Jusqu'à présent, je pense, la
question n'est pas encore résolue, et, pour ma part,

j'avoue que je ne suis pas complètement satisfait des explications les plus ingénieuses que l'on donne à ce sujet. »

C'est au havre Pecket que pour la première fois les hommes de l'expédition virent des Patagons. Cette nation exerce toujours un grand prestige sur l'imagination des voyageurs. On a débité tant de légendes sur leur compte! Et puis, quand on a passé des jours et des semaines sans voir âme qui vive dans de vastes solitudes, il est si doux de voir ces mêmes solitudes animées tout à coup par la présence d'un être humain! On a beau vanter les splendeurs de la nature, l'homme est encore le plus beau spectacle qu'elle offre à notre étude et à notre admiration.

Déjà, en passant devant l'entrée de quelques havres, il avait été facile de distinguer avec des lunettes quelques campements de Patagons établis près du rivage avec leurs cabanes, leurs chevaux, leurs chiens et même des pavillons plantés sur des mornes voisins. Quand on fut arrivé au havre Pecket, et que le commandant eut permis à tous les officiers des deux corvettes de descendre à terre pour aller à la recherche des fameux Patagons, tous furent enchantés de voir pour la première fois ces sauvages. A peine avait-on touché le rivage, que plusieurs Patagons descendirent de cheval et vinrent au-devant des officiers, qui les accueillirent de la manière la plus aimable. Un de ceux-ci, M. du Bouzet, crut reconnaître, à sa grande surprise, parmi eux deux Européens vêtus comme eux, mais qui, malgré les traces de la misère qu'ils portaient sur leur visage, avaient encore assez conservé les traits de leur race pour qu'on ne pût

pas s'y méprendre. On les prit tout d'abord pour des pêcheurs ou des naufragés. L'un d'eux, qui vint au-devant
des officiers, leur apprit qu'il appartenait à l'équipage
de la goélette des États-Unis *l'Anna-Howard,* de New-
London, et qu'il avait été mis à terre il y avait trois mois
avec son compagnon. Il ajouta d'autres circonstances
encore à son récit, et finalement nous supplia de le
prendre, lui et son compagnon, à notre bord, attendu
qu'ils en avaient assez l'un et l'autre du régime des
Patagons. M. du Bouzet déclara que cela ne dépendait
pas de lui, et l'envoya avec quelques Patagons plaider
sa cause auprès du commandant. L'arrivée des Patagons
mit en émoi tout l'équipage de *l'Astrolabe.* Les matelots
s'empressaient autour de ces hommes qu'ils s'attendaient
à voir démesurément grands, tandis qu'ils ne mesuraient
réellement, au dire de d'Urville lui-même, que 1 mètre 73
à 1 mètre 76.

« Avec eux, dit-il, était venu un Européen, établi dans
cette tribu, dont l'extérieur chétif et les traits décharnés
annonçaient la plus profonde misère. Il se disait Américain des États-Unis. Mais, l'ayant interrogé en anglais,
je vis bientôt qu'il parlait fort mal cette langue; je
compris seulement qu'il était natif de la Suisse et des
environs de Berne. Ayant appelé Kosman, qui parlait
l'allemand, je recueillis ce qui suit sur le compte de cet
individu.

« Niederhauser (John), horloger de son métier, était
allé tenter la fortune aux États-Unis, mais elle fut sourde
à ses avances. Après avoir subi maint revers, il ajouta
foi aux brillantes promesses d'un pêcheur de phoques
qui recrutait des dupes pour armer son schooner, destiné

à la pêche des phoques. Des rives de New-York, le pauvre horloger fut transporté sur les îles sauvages de la Terre-de-Feu, au sud du cap Pilar. Suivant la coutume, il fut déposé sur une de ces îles avec sept de ses camarades, et quelques provisions, pour faire la chasse aux phoques et préparer leurs peaux. Trois ou quatre mois après, le schooner revint, prit les peaux préparées et laissa les pêcheurs avec de nouvelles provisions pour trois autres mois; mais cette fois le schooner ne revint pas.

« Niederhauser attribuait cet abandon à ce que le capitaine, ayant fait une mauvaise pêche et se trouvant au bout de ses vivres, s'en était retourné aux États-Unis, sans s'occuper davantage des hommes qu'il laissait derrière lui. Cette raison peut bien être la vraie; mais il est possible que le schooner ait péri, ou bien encore que le capitaine ait abandonné ces hommes uniquement pour n'être pas obligé de leur fournir leur part de pêche, procédé assez commun parmi ces aventuriers.

« Quoi qu'il en soit, ces malheureux, après avoir épuisé leurs provisions, montant leur canot, embouquèrent le détroit par la partie de l'ouest, et après diverses haltes vinrent faire tête au milieu des sauvages du havre Oazy. Six d'entre eux poursuivirent leur navigation avec le canot; mais, deux, Niederhauser et un Anglais nommé Birdine, préférèrent rester parmi les indigènes. Ceux-ci accueillirent leurs hôtes avec une parfaite bienveillance, les marièrent à des femmes de leur tribu et partagèrent avec eux tout ce qu'ils avaient. Niederhauser assure que jamais ils n'eurent à se plaindre d'aucun mauvais traite-

ment de leur part. Tout ce qu'il possédait, et même sa petite
collection d'outils d'horloger, avait été respecté par les
sauvages, qui ne se permirent pas le moindre larcin.
Seulement les Patagons raillaient quelquefois les Européens et les traitaient de gourmands et de paresseux,
quand ils les voyaient se plaindre de leur nourriture.
En effet, quand la chasse était bonne, la cuisine allait
bien, et nos deux aventuriers se remplissaient l'estomac;
mais, quand le mauvais temps ou des localités stériles
amenaient la disette, il fallait souvent durant plusieurs
jours ne vivre que de racines fort insipides et très peu
nutritives.

« Aussi nos deux gaillards paraissaient vraiment exté-
nués de misère et de privations, si bien qu'ils n'espé-
raient pas pouvoir résister un mois de plus à ce triste
genre de vie. Ils avaient vu passer nos navires trois
semaines auparavant, et c'étaient eux qui attisaient le
feu allumé près de la pointe Nuestra-Senora, tandis
que nous courions sur le cap Saint-Vincent. Ils me sup-
plièrent avec instance de les recevoir sur nos corvettes,
et j'y consentis. Niederhauser embarqua comme passager sur l'*Astrolabe*, et Birdine fut reçu au même titre
sur la *Zélée* [1]. »

Le commandant ne faisait pas seulement collection de
plantes, il collectionnait aussi les vocabulaires des peuplades qu'il rencontrait. Par l'intermédiaire de Niederhauser, qui avait acquis quelque teinture de la langue
patagone, il réussit à se procurer la valeur de la plu-

---

1 *Voyage au pôle Sud*, par Dumont d'Urville. 13 vol. in-8°, 1841 et seq.
Le premier volume de cet important ouvrage est presque entièrement consacré à la navigation du détroit de Magellan.

part des mots qui composent le vocabulaire de ce peuple.
Il trouvait le langage des Patagons guttural, singulièrement accentué, et leurs articulations souvent fort difficiles à rendre.

D'Urville fit un jour asseoir un de ces indigènes à sa
table. Celui-ci, après avoir copieusement dîné, demanda
un morceau de pain qui restait sur la table pour son
Pikinini et le mit dans un petit sac. En voyant le commandant prendre un livre, il prononça le mot *book*.
Pour remercier sans doute son hôte de l'hospitalité qu'il
en avait reçue, il répéta plusieurs fois ces mots : *Anglès
no good, American no good, Francès bueno;* puis il ajoutait, faisant sans doute allusion à quelqu'un de nos compatriotes : *Hatawaï Francès very good.* Il s'informait
aussi d'un certain *Johnson* toujours *very good,* qu'il
avait beaucoup connu. En voyant sur la table du biscuit,
des couteaux, du tabac, il prononçait souvent ces mots :
Galetta, grande cuchillo, big knife, tobacco, mêlant tous
les idiomes et accompagnant chaque mot d'un geste de
convoitise : « Ils sont gens à mettre volontiers, après
dîner, les couverts dans leur poche. En un mot, ils parlent et ils agissent en véritables enfants. »

Dumont d'Urville est de l'école de Bougainville; il voit
bien et décrit sobrement, un peu froidement peut-être.
La clarté et la précision sont les qualités dominantes
de son style. Comme Bougainville, il se plaint d'être dépourvu de tout mérite littéraire, et il se trouve que, lorsqu'il a raconté un épisode intéressant comme celui qu'on
vient de lire, son style acquiert un ton aisé et naturel
qui est juste celui qui convient à ce genre de récits. La
description vive et pittoresque n'est pas non plus absente

du journal de *l'Astrolabe*. Il est seulement fâcheux qu'au
lieu de consacrer trois mois à explorer le détroit, comme
le portait le projet primitif, Dumont d'Urville n'ait employé que vingt-sept jours à cette exploration. Il put
toutefois, dans ce court espace de temps, parcourir les
deux tiers du canal, relever tous les accidents de la côte,
dresser le plan de plusieurs baies ou ports, recueillir
enfin une foule de documents et de matériaux, tous d'un
grand intérêt pour la science : «L'exploration du détroit
de Magellan, dit-il, ne pouvait être qu'un hors-d'œuvre
imprévu, et je pense en avoir fait un épisode important
de notre voyage. Malgré les fatigues, inévitable suite
d'une navigation aussi active, nous n'avons pas eu un
seul malade sur les deux corvettes, et tout le monde est
gai, content et plein d'espoir pour l'avenir. »

L'avenir, quels secrets connus de Dieu seul cache ce
mot mystérieux? Tandis que l'avenir s'ouvrait brillant
et doré pour les jeunes compagnons de d'Urville, lui qui
pouvait compter de longs jours encore allait voir le sien
arrêté tout à coup par la plus horrible catastrophe.

Il était de retour de son troisième voyage, le 8 novembre 1840. Durant trois années d'absence, il avait
beaucoup souffert. Une maladie cruelle (la goutte) ne
lui avait guère laissé un moment de repos. On le trouvait
changé au physique et au moral. Son humeur, ses habitudes de commandement s'étaient ressenties de son état
de souffrance, et des pensées d'un caractère triste et
amer se glissent souvent dans ses écrits.

Cependant il voyait ses travaux et ses efforts récom-
pensés par le titre de contre-amiral, que le roi Louis-
Philippe lui accorda le 31 décembre 1840. Après être

resté quelque temps à Toulon pour se remettre de ses
fatigues, Dumont d'Urville vint se fixer à Paris, afin
d'être plus à même de surveiller la publication des matériaux qu'il avait recueillis et de continuer en même
temps l'éducation de son fils. Pendant près de deux ans,
il fut occupé de ces soins divers, lorsque la mort, une
mort affreuse, vint le surprendre dans ses travaux.

Le 8 mai 1842, les grandes eaux jouaient à Versailles;
pressé par sa femme et par son fils, il consentit à s'y
rendre. Le soir ils n'étaient pas de retour, et quelques
jours après, dans cette demeure qu'ils avaient quit-
tée pleins de vie, on rapportait trois cadavres mutilés,
calcinés, méconnaissables. Le terrible accident du chemin de fer de la rive gauche de Versailles avait fait bien
d'autres victimes, mais aucune n'avait aussi vivement
impressionné l'opinion publique : « Comment! disait-on,
cet homme qui a échappé à mille dangers dans ses
voyages lointains, que la mer, les maladies et les sauvages ont épargné, la mort, et quelle mort! vient le
surprendre dans son pays, au milieu de ses amis, par un
beau jour d'été, entre Paris et Versailles, à la fin d'une
journée de plaisir! Et maintenant croyons à l'avenir, à
la gloire, croyons aux rêves de bonheur! »

D'Urville parle quelque part du chagrin qu'il y a de
mourir loin des siens. Il était encore dans le détroit de
Magellan et se promenait un jour aux environs de Port-
Famine, cherchant l'emplacement de l'ancienne Philippeville, lorsqu'au point culminant d'un morne il aperçut
une planche dont une inscription annonçait qu'elle avait
été placée là à la mémoire du maître de pêche (*Master
sealing*) et d'un matelot du *Ketch-Uxbridge*, noyés en

1820, dans *Fury-Harbour*. Et voici les réflexions que lui inspira la vue de ce monument.

« C'est toujours avec une sorte de mélancolie que l'on parcourt ces modestes inscriptions; un retour bien naturel sur nous-mêmes nous rappelle involontairement qu'exposés à des dangers semblables nous sommes exposés à un pareil sort. Mourir sans doute est la loi commune, et plus que tout autre le navigateur qui va à la découverte de côtes ignorées doit envisager la mort de sang-froid; mais mourir loin de tous ceux qui vous sont chers, sans pouvoir leur adresser un dernier adieu, c'est, à mon avis, l'idée la plus triste, la plus affligeante pour l'homme qui a de véritables affections sur cette terre. »

Il y a quelque chose de plus triste et de plus affreux que de mourir loin de ceux qui vous sont chers, c'est de mourir avec eux dans la même catastrophe [1] !

---

[1] Un des rares survivants de l'expédition de Dumont d'Urville au pôle Sud, M. Got, capitaine au long cours à Bordeaux, a bien voulu s'intéresser à nos travaux et nous fournir d'utiles renseignements sur la géographie et la navigation du détroit de Magellan.

CHAPITRE XI

M. DE ROCHAS

(1856-1859)

M. de Rochas était, à l'époque de son premier voyage (1856), chirurgien de la marine militaire. Son *Journal d'un voyage au détroit de Magellan et dans les canaux latéraux* (1856-1859) parut en 1861 dans l'intéressante publication *le Tour du monde*.

L'auteur est peut-être le premier, après Dumont d'Urville et les Anglais Parker-King et Fitz-Roy, qui ait fait du détroit une étude particulière au point de vue de la météorologie. Il le visita deux fois. La première, il l'aborda par le cap des Vierges, le 24 juillet 1856, parcourut avec soin tous les points curieux, décrivit tous les sites dignes d'attention, et, après une traversée d'un mois environ, sortit du canal par le golfe de Peñas, ayant ainsi parcouru non seulement le détroit proprement dit, mais encore les canaux latéraux.

Trois ans plus tard et après une navigation de qua-
rante-cinq jours dans la mer du Sud, M. de Rochas, ou
plutôt le navire qu'il montait et dont il ne nous donne
pas le nom, abordait le détroit le 30 novembre 1859,
par l'entrée occidentale, au cap Pilar, « affreux et stérile rocher propre à jeter la tristesse et l'effroi dans
l'âme du navigateur qui ne serait pas déjà familiarisé
avec un pareil spectacle. » Il sortit du détroit par l'extrémité opposée, le 9 décembre suivant, n'employant
cette fois qu'une dizaine de jours à effectuer la traversée.
Ce trajet lui suffit pour recueillir quelques observations
scientifiques et pour visiter certains points de la côte,
entre autres le havre Mercy, qui le retint quelques jours.
La première chose que lui et ses compagnons virent en
débarquant fut un campement de naufragés récemment
abandonné, comme le leur firent supposer certains indices, quelques débris de planches, des tas de bouteilles
et de boîtes de conserves, des bois sciés, etc., toutes
choses qui indiquaient clairement que les malheureux
qui avaient séjourné en cet endroit s'étaient construit
une embarcation pour gagner des parages probablement
peu éloignés. M. de Rochas et ses amis, après avoir recueilli les objets les plus propres à éclairer une enquête,
si elle avait lieu, firent une excursion dans les environs :
« La terre était déserte, pas le moindre vestige d'être
vivant, pas une empreinte de pas sur le sol détrempé ou
sur la neige, pas une cabane, pas un feu dans le cercle
de l'horizon. Affreux séjour, en effet, que ces montagnes
dénudées, coupées à pic, séparées par des ravins, ron-
gées par les torrents ou comblées par les mousses, les
fougères et les arbustes! »

Le lendemain n'amena aucune révélation nouvelle sur
la destinée des hôtes passagers du havre Mercy. Seulement un des compagnons de M. de Rochas, en poussant
plus avant la reconnaissance, découvrit au fond d'un ra-
vin, sous une touffe d'arbrisseaux, un squelette dont il
rapporta la tête à M. de Rochas. C'était un crâne de Pé-
cherai [1].

Quelques jours après, on trouva à Punta-Arenas les
naufragés du havre Mercy. Voici en quelques mots leur
histoire. Leur navire, construit en France et appelé *la
Seine,* était la propriété d'un armateur chilien. Il venait
de Valparaiso pour faire le sauvetage d'un navire anglais
échoué dans le détroit, près du cap Oriental. Il avait
mouillé au havre Mercy un peu trop au large, et le mauvais temps, après lui avoir fait casser ses chaînes d'ancre,
l'avait jeté à la côte. Tout le monde s'était sauvé, et,
après trois semaines employées en préparatifs de départ,
on avait gagné Punta-Arenas avec des embarcations. Le
capitaine du premier bâtiment naufragé était aussi à bord
du second; il avait donc essuyé deux catastrophes coup
sur coup : « Il va, ajoute M. de Rochas, devenir notre
passager jusqu'au Brésil. Espérons qu'il ne fera pas
naufrage une troisième fois! »

Dans son intéressant journal, M. de Rochas, à deux
reprises différentes, rend justice à l'héroïque constance
de Magellan, au courage et à l'habileté qu'il déploya
dans les circonstances les plus critiques. La première
fois, c'est aux abords de ce même havre Mercy, théâtre
d'une catastrophe dont on vient de lire le récit. Il paraît

---

1 Ce crâne figure au muséum d'histoire naturelle dans la belle collection
anthropologique formée par les soins de M. de Quatrefages.

qu'à cette époque de l'année (novembre, décembre) les
eaux du détroit sont, dans ces passages, couvertes de
grands bancs de fucus, véritables forêts marines qui
s'élancent de profondeurs considérables à la surface de
l'eau. Le navigateur qui n'est pas informé de ces conditions hésite à mettre le cap sur ces bancs, qui paraissent
lui déceler un bas-fond; il est plus ou moins désorienté,
doute de sa position, interroge alors de nouveau sa carte
et ses points de repère, les compare aux accidents de la
côte qu'il a sous les yeux, jette et rejette la sonde, etc.

« Mais, ajoute l'auteur, qu'on se figure un marin qui
découvre ces parages, de qui tout ce qui l'entoure est
ignoré, qui navigue sur un navire à voiles et non pas sur
un vapeur, qu'on arrête à la parole, qu'on fait virer à
volonté, qu'on dirige vers et contre le vent, en tous sens,
et l'on dira si Magellan, qui a dû se trouver cent fois
dans des positions analogues ou plus critiques encore,
n'est pas un de ces hommes les plus audacieux, les plus
étonnants, les plus dignes d'admiration que la terre ait
jamais produits! »

La seconde fois que M. de Rochas parle en termes non
moins admiratifs du grand navigateur portugais, c'est
lorsqu'il est en présence du cap Froward, de ces roches
en partie nues, en partie boisées, dont l'aspect est à
la fois si sauvage et si imposant.

« On comprend, s'écrie-t-il, qu'à la vue de ces ef-
frayants rivages sur lesquels un accident pouvait les jeter
et les laisser en butte à toutes les horreurs de la misère,
le courage des compagnons de Magellan ait commencé
à faiblir. Puis quand, après avoir doublé ce cap, ils
aperçurent un amas confus de rocs et de montagnes

qui semblaient barrer le détroit et leur défendre tout
progrès ultérieur, et que, nonobstant ces obstacles sur-
humains, le grand navigateur s'enfonçait à l'aventure
dans une des gorges de ce labyrinthe, on comprend
encore mieux qu'ils se soient refusés à la manœuvre,
en criant à leur capitaine qu'il les menait dans les gouf-
fres de l'enfer. Mais la force du génie triompha de l'iner-
tie des hommes comme des obstacles de la nature, et
quand, sorti du goulet où il s'était enfoncé, il montra
à son équipage terrifié une mer plus ouverte et, pour
ainsi dire, déblayée, chacun vit bien que le grand
homme était inspiré du ciel pour ouvrir de nouvelles
voies à l'activité de ses contemporains et des généra-
tions futures. »

Toutefois il ne faudrait pas que l'admiration, même la
plus légitime, fermât les yeux à la vérité et aux faits.
Or la vérité est que l'opposition faite à Magellan par
une partie de son équipage est antérieure à son entrée
dans le détroit, qu'elle se produisit dans la baie de Saint-
Julien et qu'elle y fut étouffée dans le sang, ainsi qu'on
l'a vu plus haut.

Cette légère critique, si toutefois c'en est une, n'enlève rien au mérite et à l'intérêt de la relation de M. de
Rochas. Il la termine par un appel en faveur des pauvres
habitants de la Patagonie et de la Terre-de-Feu. Il fait
cet appel à l'Europe chrétienne. Il espère une nouvelle
conquête de la civilisation sur la barbarie. Puisse cet
appel être entendu! Puisse cet espoir n'être pas déçu!

CHAPITRE XII

M. LUCIEN N.-B. WYSE

Au moment où il faisait son *voyage de Montevideo à Valparaiso par le détroit de Magellan et les canaux patagoniens*, M. Wyse était lieutenant de vaisseau à bord de *l'Aveyron*, du port de Toulon.

Parti de Montevideo le 25 octobre, le 7 novembre suivant il avait atteint le cap des Vierges, et, le 7 décembre, c'est-à-dire juste un mois après son entrée dans le détroit, il en débouchait par le golfe de Peñas. Le but du voyage de M. Wyse paraît avoir été l'étude hydrographique du canal; mais le journal qu'il en a publié dans un recueil périodique[1] et débarrassé de tout appareil scientifique contient ses impressions de touriste et le récit de ses excursions à terre. Parmi ces dernières, celle de la Terre-de-Feu est assurément une des plus intéressantes qui se puissent lire. On connaît le cap Valen-

---

[1] La relation de M. Wyse, insérée dans le *Bulletin de la Société de géographie de Lyon* (janvier 1877), ne porte pas de date. Il est à croire que le voyage a été fait l'année précédente (1876).

tyn, cette pointe qui, s'avançant au milieu du Broad-
Reach, semble indiquer au navigateur deux routes à
suivre, l'une, la route ordinaire, par le cap Froward,
l'autre par la baie ou le canal de l'Amirauté. C'est par
celle-ci que s'engagea *l'Aveyron*. Là sur la côte de
Terre-de-Feu, le navire mouilla dans le havre Fitton,
beau et bon port, mais dont les falaises hautes et escarpées qui l'entourent rendaient le débarquement difficile.
M. Wyse parvint cependant le lendemain à se hisser
sur leurs flancs glissants, muni d'armes et de munitions, accompagné par trois vaillants et adroits matelots
et parfaitement décidé à aller aussi loin que le permet-
traient ses forces et les vivres qu'il emportait. La hauteur des montagnes, l'abondance des neiges, la présence
d'énormes glaciers et d'affreux précipices, tout cela semblait fait pour inspirer l'effroi à tout autre qu'à notre
intrépide voyageur. D'ailleurs il était récompensé de
ses efforts par l'aspect des splendides paysages qui s'offraient à chaque pas. Ces mornes solitudes ne sont pas
déshéritées de toute végétation. L'auteur y rencontra quelques spécimens de la maigre flore antarctique : la *cala-
fata* des Chiliens, le groseillier à fruits noirs, la folle
avoine, la vesce, diverses sortes de roseaux et de joncs
des marécages, et toujours le céleri sauvage. Toutes ces
plantes croissaient dans les parties basses, tandis que
dans les endroits élevés on trouvait des bois touffus
formés surtout d'une espèce d'orme, des lauriers et des
fuchsias arborescents. Quant aux animaux, ils étaient
plus rares encore. Toutefois M. Wyse reconnut quelques
terriers de rats, des traces de renards, de guanacos et
surtout de chiens vagabonds. C'est en poursuivant ces

derniers qu'il fut conduit à un grand fossé creusé de main d'homme, duquel il vit s'échappèr une douzaine d'individus armés d'arcs et de longs pieux. Le fond du fossé était rempli d'herbes, et tout près il y avait un brasier ardent parsemé de moules. C'était la première fois que notre voyageur se trouvait en contact avec ce peuple singulier, craintif et méfiant tout à la fois, n'attendant qu'une occasion pour manifester une hostilité qu'instinctivement il ressent contre tout ce qui ne lui ressemble pas. M. Wyse n'ayant pas jugé à propos d'entrer tout d'abord en relation avec les Pécherais du havre Fitton, prit le parti de rejoindre ce port. Aussitôt les sauvages allumèrent un vaste incendie, soit en signe de réjouissance, soit pour s'avertir les uns des autres de la présence des étrangers. En effet, les feux se répètent de distance en distance, et c'est sans doute ce mode de communication usité par les Pécherais qui a valu à leur pays le nom de Terre-de-Feu.

La seconde fois que le lieutenant de l'*Aveyron* rencontra des Pécherais, ce fut dans la baie Borja. Si nous ne craignions de répéter ce qui a été dit ailleurs, nous mentionnerions les faits et gestes de ces Indiens qu'on laissa monter à bord. Pour M. Wyse, comme pour bien d'autres, s'il y a au monde quelques peuplades placées encore plus bas dans l'échelle intellectuelle, il n'y en a pas qui aient une existence plus misérable.

La navigation par les canaux latéraux, du 23 novembre au 7 décembre, offre à M. Wyse l'occasion de rectifier certaines erreurs des cartes de ces parages, et de combler les lacunes qui s'y trouvent. Et quand, arrivé au golfe de Peñas, il jette, avant de déboucher dans le

grand océan Pacifique, un regard en arrière, sur tout
cet ensemble si varié, si grandiose, si affreux parfois, et
en somme si séduisant, il ne peut s'empêcher d'expri-
·mer avec feu, avec éloquence, les sentiments complexes
qu'éveille dans l'âme la vue de tant de merveilles :
« Nous laissons derrière nous ces terres escarpées, aux
aspects étranges et imposants, qui pendant un mois
avaient charmé nos regards par leur attrait sauvage.
Les formes bizarres et pittoresques, les couleurs si variées des pics aigus de schiste de granit ou de porphyre,
tranchant avec l'éclat des neiges dont leurs cimes
élevées sont toujours couronnées, ne devaient plus se
présenter à nos yeux. Nous n'allions plus voir d'innombrables cascades, jaillissant des flancs abrupts des montagnes, verser à la mer la blanche écume de leur eau,
bondissant de rochers en rochers et formant le contraste·
le plus heureux avec le vert sombre des forêts et les
teintes plus claires des gigantesques glaciers. Ces merveilles, dont l'effet saisissant est encore augmenté par le
silence profond qui plane sur elles, n'étaient plus pré-
sentes qu'à notre souvenir, dans lequel du reste elles
vivront tant que nous conserverons le sentiment du
beau. »

M. Wyse n'est pas le seul que les beautés sauvages
du détroit de Magellan ont frappé d'admiration. Tous
ceux qui sont sensibles aux aspects étranges et su-
blimes de la nature n'ont pas trouvé de termes assez
expressifs pour traduire leurs sentiments à la vue de
ces tableaux saisissants. On en verra une nouvelle
preuve dans le chapitre suivant.

CHAPITRE XIII

LA JUNON

(1878)

Il s'est formé, il y a quelques années, à Paris une société dite *Société des voyages d'études autour du monde*, sous le patronage et avec l'appui des noms les plus honorables dans la science et l'administration.

Le but de cette société était de procurer à des jeunes gens de famille ayant terminé leurs études classiques ou leurs études juridiques, ainsi qu'à toute personne désireuse de s'instruire et possédant la bonne volonté, le loisir et le reste, de leur procurer, dis-je, les moyens de faire leur tour du monde avec tous les avantages et les agréments d'une sorte d'association.

Rien de plus louable assurément. Les appuis, les secours de la publicité ne manquèrent pas à une entreprise de ce genre, et les sociétés de géographie lui prêtèrent leur concours. Tout fut mis en œuvre pour en assurer le succès. Le difficulté était de trouver un navire. La compagnie Freyssinet, de Marseille, mit *la Junon* à la disposition de la Société des voyages, moyennant un prix et à des conditions que nous ne connaissons pas. *La Junon* est un navire à hélice, de première classe, long de 78 mètres, large de 9 mètres, jaugeant 1125 tonneaux et mû par une machine de la force de 600 chevaux. Le personnel fut choisi de manière à satisfaire aux besoins matériels et moraux des voyageurs. A la tête se trouvait M. G. Biard, lieutenant de vaisseau, homme instruit et marin éprouvé. C'est à lui que la Société avait confié le commandement de *la Junon*. Il était parfaitement secondé d'ailleurs par un état-major composé en général de capitaines au long cours. Il y avait à bord un médecin, un aumônier et deux professeurs chargés de faire des études et des conférences, l'un sur l'histoire naturelle, l'autre sur la géographie des contrées que l'on devait parcourir.

La durée du voyage avait été fixée à trois cent vingt jours, c'est-à-dire à dix mois et quelques jours. C'était peu assurément pour visiter en détail tous les points du globe qui peuvent offrir quelque intérêt; mais il fallait se borner aux points principaux. On en avait choisi trente sur la carte. Les voici dans l'ordre où on devait les visiter : Gibraltar, Madère, Dakar, Rio-de-Janeiro, Buenos-Ayres, Valparaiso, le Callao, Panama, San-Francisco, Honolulu, les îles Fidji, Aukland, Melbourne, Sydney, Nouméa, Yokohama, Osaka, Shang-Haï, Hong-Kong, Batavia, Singapour, Calcutta, Madras, Pointe-de-Galles, Bombay, Aden, Suez, Port-Saïd, Alexandrie et Naples.

Quelques-unes de ces stations étaient le point de départ d'excursions considérables pouvant être envisa-
gées elles-mêmes comme des voyages au milieu d'un
grand voyage. Par exemple, à Buenos-Ayres, les passagers avaient le choix entre ces deux parcours : suivre
la Junon dans le trajet de Buenos-Ayres à Valparaiso
par le détroit de Magellan; ou bien, abandonnant mo-
mentanément *la Junon,* franchir, à travers les pampas
de la république Argentine et la Cordillère des Andes,
la distance qui sépare Buenos-Ayres de Valparaiso, où
ils devaient rejoindre *la Junon.*

Pareillement, à Panama, on pouvait suivre *la Junon,*
jusqu'à San-Francisco, ou ne l'y retrouver qu'après
avoir traversé par terre, et à l'aide du Grand-Central
américain, la plus grand partie des États-Unis.

Il y avait en tout cinq grandes excursions de ce genre.
Les autres étaient les petites excursions, consistant à
rayonner, dans un périmètre restreint, autour des points
de relâche.

Tout, comme on le voit, avait été parfaitement com-
biné pour l'instruction et l'agrément des voyageurs.

Le prix du voyage variait suivant la grandeur et
l'aménagement des cabines. Il y en avait depuis 15,000
francs jusqu'à 32,000 francs. En ajoutant les faux frais,
les dépenses imprévues, certaines acquisitions qu'il est
impossible de ne pas faire quand on voyage en pays
étranger, il est permis d'avancer qu'au plus bas prix
c'était une affaire de 20,000 francs.

On a hâte de savoir si beaucoup d'amateurs ont ré-
pondu à l'appel de la Société. Sur soixante-deux cabines,
fort bien aménagées et disposées par conséquent pour

recevoir un pareil nombre de passagers, une trentaine seulement furent occupées, et parmi ces trente voyageurs on comptait douze Français, quatre Russes, trois Suisses, deux Alsaciens, un Belge, un Hollandais et les autres Allemands, Espagnols, etc.

En admettant même une moyenne de 25,000 francs pour chaque passager, on arrive à un chiffre de 750,000 francs, qui paraîtra bien insuffisant pour couvrir les frais d'une telle entreprise, la location du navire, le salaire de l'équipage, la nourriture des hommes, l'entretien de la machine, etc. etc. Que pouvait-il rester pour les actionnaires de la Société, à supposer qu'ils eussent conservé l'espoir de réaliser quelque bénéfice sur les résultats d'un premier voyage?

On s'explique dès lors les difficultés qui ont surgi quelque temps après le départ de la Junon, difficultés qui ont eu pour effet la brusque interruption du voyage à Panama, le remplacement subit du commandant Biard par un agent de la compagnie Freyssinet, et finalement le rapatriement de la Junon dans le port de Marseille.

Nous n'avons d'ailleurs ni le droit ni l'entention de rechercher à qui incombent les torts qui ont amené le retour de la Junon. Ce que nous voulons seulement, c'est de suivre le navire dans les passes du détroit de Magellan, qu'il a parcourues depuis le cap des Vierges jusqu'au golfe de Peñas. Nous nous aiderons pour cela du journal du voyage, publié par lettres dans un des grands journaux de Paris [1].

---

[1] Le *Temps.*

Et d'abord un mot sur l'auteur de ce journal, qui ne se fait pas connaître[1], bien que dans une sorte d'auto-biographie il nous donne quelques détails intéressants sur sa personne.

« Petit enfant, dit-il, je n'ai jamais pu me faire au chemin de l'école. Toutes mes heures de récréation, je les consacrais à la lecture des plus fameux voyages. Voulant aussi courir les aventures, un beau matin je m'évadai du collège et je longeai le courant d'un fleuve avec cette idée toute naturelle qu'au bout je trouverais la mer. Mon intention bien arrêtée était de m'embarquer comme mousse et de visiter... parbleu!... tous les pays du monde. Malheureusement j'avais confié mon projet à des camarades trop peu discrets. Le bruit en fut bien vite éventé, et toute la police d'une grande ville fut bientôt informée de la disparition du petit vagabond. Vingt-quatre heures après mon escapade, un gendarme, à coup sûr bon père de famille, me ramenait dans la mienne, où l'on m'administrait une morale en action dont j'avoue n'avoir jamais assez profité... Le fleuve, c'était la Seine; la grande ville, c'était Paris, et c'est à Saint-Cloud, hélas! que s'arrêta ma première expédition autour du monde. »

Puis il nous raconte comment il suivit plus tard Largeau à Ghadamès, explorant les oasis du Grand-Désert, comment ensuite il passa de l'Atlas aux Balkans, assistant, en Serbie, à tous les préparatifs de la guerre d'Orient; comment enfin il suivit, en Arménie, toutes

----

[1] La dernière lettre, publiée tout récemment par le *Temps*, porte la signature suivante : Gaston Lemay.

les péripéties de cette guerre dont il envoyait le résumé à un journal de Paris. Le voici maintenant *reporter* à bord de *la Junon*, très préparé par ses voyages antérieurs et par ses aptitudes personnelles à bien voir les choses et à les reproduire sous une forme aimable et enjouée. Nous avons donc là un bon compagnon de voyage, disons mieux, un guide précieux, car il ne manquera pas de nous instruire tout en nous amusant.

La Junon partit de Marseille le 2 août 1878. Le 3 octobre suivant, deux mois presque jour pour jour après son départ, elle se trouvait à l'entrée du détroit, dont l'abord ne fut pas facile, à cause des courants qui tendaient à repousser le navire en pleine mer. Le soir, une heure avant la chute du jour, *la Junon* mouillait devant Punta-Arenas, que les Anglais appellent *Sandy-Point*. Comme on devait appareiller le lendemain à l'aube, les excursionnistes n'eurent que la nuit pour prendre connaissance de la capitale du détroit et de son gouverneur, qui les acccueillit avec beaucoup de bienveillance.

Le 4 octobre, à huit heures du matin, *la Junon* doublait le cap Froward, « la plus extrême limite sud de tout notre voyage ». L'auteur commence à être émerveillé à la vue de cette nature âpre et sauvage, mais où par éclaircies et comme par caprice se révèlent çà et là les surprises d'une végétation luxuriante et d'une température relativement douce : « A chaque nouveau tournant du détroit, de nouvelles échappées de vue viennent surprendre nos regards. » D'habitants ou d'indigènes on n'en voyait nulle part. Ce n'est qu'après avoir dépassé la baie de Bougainville qu'on aperçut, sur les rives escarpées de la Terre-de-Feu, quelques campements de

Pécherais, et au milieu du canal une pirogue qui attendait *la Junon* au passage. Ils manquèrent une amarre
qu'on leur jeta, et dès lors on ne put ce jour-là faire
plus ample connaissance avec eux. Dans la soirée, *la Junon* alla mouiller dans la baie de Swallow, sur la côte de
la Terre-de-Désolation, qui ne paraît pas, du moins en
cet endroit, mériter tout à fait son nom.

Le lendemain matin, à cinq heures, *la Junon* s'engageait dans les canaux latéraux, dont les aspects pittoresques devaient plus particulièrement frapper l'attention
de notre reporter : « A une heure, dit-il, nous glissons
sur les eaux tranquilles de Smith's-Sound, et à partir de
ce moment nous passons de surprise en surprise. Les
paysages qui se succcèdent sur les deux rives enchantent
tour à tour nos regards. Le décor toujours change et
toujours nous montre les points de vue les plus variés;
nous naviguons sur une suite de lacs encaissés entre
des collines et des montagnes toutes verdoyantes. Chacun de nous jette ses exclamations à la brise : « Voici
un paysage alpestre! » — « C'est maintenant tout à fait
le Jura! » — « Mais j'ai vu ces mêmes aspects en
Écosse! » — « Voici encore les bords du Rhin ! » A chaque tournant on évoque un souvenir, et toujours *la Junon,* sans ralentir sa course, contourne les îles et re-
monte les côtes, rasant parfois les terres à moins de
quarante mètres. »

Le soir une nouvelle pirogue se présente. Les Indiens
qui la montent, à peu près nus, se lèvent quand ils se
sentent à portée de voix de *la Junon;* puis ils poussent
des cris sauvages au milieu desquels on entend distincte-
ment ces deux mots si connus : « *Galetta! Tabacco!* »

Cette fois ils ne manquent pas l'amarre qu'on leur lance, et alors les échanges commencent. Chacun « se débrouille » pour attraper une peau, une flèche, un collier ou un poignard en os, en échange d'un paquet de tabac, d'une bouteille de vin, de cognac ou simplement d'un morceau de pain. L'auteur décrit très bien la physionomie de ces indigènes, pour lesquels il ressent, dit-il, une profonde pitié. Il admire leur habileté à manœuvrer leurs pirogues à l'aide de longues pagaies palmées à leurs extrémités. Il s'étonne surtout du flair exquis qui les guide à la suite des navires, et il en donne une preuve convaincante. Le soir, *la Junon* mouillait dans la baie de l'isthme, lorsqu'à dix heures des clameurs se firent entendre. C'étaient les mêmes Pécherais de tout à l'heure qui, par un instinct supérieur, avaient deviné que le navire mouillerait en cet endroit, et qui, avec une vitesse surprenante, avaient navigué à sa suite et franchi, à l'aide de leur pirogue, les quarante-quatre kilomètres qui les séparaient de la baie. Cette fois on les fit monter à bord.

« Comment décrire les incidents comiques de cette réception?... Nous les faisons asseoir sur le velours des banquettes et nous leur faisons servir quelques victuailles. Ils touchent peu à la viande, mais en revanche ils engloutissent les sardines par douzaines et lèchent les assiettes avec avidité. Ils boivent à grands traits du vin, du rhum et de l'eau-de-vie. Ils nous font comprendre qu'ils voudraient bien emporter... la vaisselle. Ils nous tirent par nos vêtements pour nous la demander. Pauvres êtres!...

« Les incidents ne se comptent plus. Nous leur met-

tons des miroirs sous le nez; ils rient et montrent leurs
dents. Le tic tac d'une montre les étonne; ils sont évidemment convaincus qu'il y a dans la boîte une petite
bête. L'un de nous se met au piano et joue une marche;
ils écoutent, ravis, dodelinant de la tête en battant la
mesure. La réception devient absolument gaie. Ils ta-
potent à leur tour sur le piano et s'amusent comme des
enfants. Ils cherchent à imiter nos chants et se tré-
moussent comme des diables dans un quadrille impro-
visé, où Parisiens et Pécherais sautent ensemble et rient
à se tordre. Un être grave, transporté en ce moment
à bord de *la Junon*, nous aurait tous pris pour des
fous. Peut-être serait-il devenu fou lui-même. Nous met-
tons le comble à notre hospitalité et à leur joie en les
couvrant de défroques, et nous les remettons dans leur
pirogue en les accompagnant du refrain : *Quand on est
si bien ensemble!...* L'embarcation disparaît dans les
ténèbres. »

Le tableau est charmant. Évidemment l'auteur a la
note gaie, bonne disposition quand on voyage. Mais les
incidents comiques ne sont pas les seules impressions de
voyage de notre reporter; son journal contient aussi des
descriptions, des observations de toute nature et sur
toute sorte de sujets, même des aperçus sur la politique
et l'économie politique des pays que l'on visite.

La quatrième station de *la Junon* dans le détroit eut
lieu à Puerto-Bueno. Ici l'on débarqua, et l'on se dispersa
dans les environs. Les uns allèrent grossir leurs herbiers, les autres se mirent à la poursuite du gibier. L'un
tente l'escalade d'un pic, l'autre s'enquiert de la présence
des indigènes et du lieu de leur séjour. Tous, armés

jusqu'aux dents, s'enfoncent dans un pays inconnu qui, peut-être pour la première fois, voit ses solitudes troublées par le pas des Européens.

Chemin faisant et sur la côte, on relève des inscriptions qui attestent le passage de plusieurs navires dans les mêmes canaux. En voici quelques-unes, avec la forme textuelle du texte : « *Luxor* 17/12 77 » (steamer anglais). — « *Christophe Colomb* 11/9 78 » (aviso italien). — « *Ibis* 9/9 1876 » (danois). Un passager de *la Junon* grave à son tour, à l'aide de son poignard, sur une planche à demi effacée, cette inscription commémorative : « *Junon* 5/10 78. »

Bien que pendant les sept jours que dura la traversée on n'eût vu aucun Patagon, en somme on était content du voyage et particulièrement de la navigation dans le détroit. On en reporta tout l'honneur au commandant Biard : « Jamais, en effet, traversée n'avait été plus belle et surtout moins pénible que la nôtre : cette navigation dans les canaux latéraux, quand le temps est favorable, est considérée par les marins comme étant si intéressante, qu'elle ne peut se comparer à aucune autre. »

CHAPITRE XIV

LE SUNBEAM[1]

(1876)

Chose curieuse! ce que n'a pu faire une société doublée d'une compagnie, une famille seule l'a exécuté avec un succès qui défie toute comparaison. Il est vrai que cette famille avait à sa tête un homme qui, par sa situation, par son nom, par son immense fortune, par des travaux spéciaux, était connu du monde entier. Nous avons nommé M. Brassey, un des plus grands capitalistes de l'Angleterre, membre de la chambre des communes, fils d'un grand constructeur de chemins de fer, qui a doté son pays de quinze cents kilomètres de voies ferrées.

Un jour, pour récompenser sans doute ses enfants de

[1] Ce mot veut dire *rayon de soleil*. Par une interversion qu'on voudra bien nous pardonner, nous plaçons le voyage du *Sunbeam* après celui de *la Junon*, bien qu'il ait eu lieu deux ans auparavant.

ce qu'ils avaient été sages, M. Brassey imagina de leur
faire faire une promenade... autour du monde. Rien
n'est impossible quand on a la volonté et l'argent. Une
des deux conditions suffit souvent pour venir à bout de
bien des choses.

La partie fut bien vite arrangée; M. Brassey avait un
yacht, ou il en fit construire un. C'était une espèce de
trois-mâts goélette, n'ayant que quarante-sept mètres de
longueur, mais mesurant huit mètres vingt-cinq au maître-
bau. Il était muni d'une machine d'une force nominale de
soixante-dix chevaux seulement, mais pouvant encore
entraîner le navire avec une vitesse moyenne de huit
nœuds par beau temps. Inutile de dire qu'il était pourvu
d'une hélice.

La famille de M. Brassey se composait, au moment
du départ du *Sunbeam*, du père, de la mère et de quatre
enfants, dont le plus âgé n'avait pas plus de treize ans
et dont le plus jeune ne comptait pas quinze mois. Il y
avait en outre trente-sept personnes attachées les unes
au service particulier de la famille, les autres employées à celui de la manœuvre, de la machine, des
cuisines, etc.

Une particularité digne d'être mentionnée, c'est que
M. Brassey était à la fois le propriétaire et le commandant de son navire. Il dirigeait la manœuvre, tandis
que Mme Brassey tenait la plume. Les enfants, tantôt sur
le pont, tantôt dans les salons, tantôt près des machines,
répandaient partout la gaieté et l'animation.

Un ordre parfait était d'ailleurs observé à bord. Les
enfants avaient leurs heures réglées pour l'étude et la
récréation. Tout le monde travaillait sur *le Sunbeam*.

Le père était tantôt à la barre, tantôt à ses cartes;
Mme Brassey, dans sa cabine, rédigeait le journal de la
veille sans perdre de vue ses devoirs de mère de famille,
suffisant à tout par son infatigable activité et nécessaire
à tous par son inépuisable bonté. Un autre dessinait, et
les dessins de M. Bingham ne sont pas un des moindres
attraits du livre de Mme Brassey, car son journal est
devenu un livre [1] d'une lecture fort agréable et d'où
l'utile n'est pas absent.

Le départ fut fixé au 1er juillet 1876; mais *le Sunbeam*
ne prit définitivement la mer que le 7 juillet, au port
de Torbay (Angleterre). L'entrée du détroit eut lieu
dans les conditions ordinaires, c'est-à-dire au commencement de la saison qui pour nous est l'hiver et qui là-bas
est le printemps. C'est dans les premiers jours d'octobre que *le Sunbeam* embouqua le détroit par le cap
des Vierges. Mais, avant de s'y engager, il avait accompli un acte d'humanité que nous trouvons à propos d'enregistrer. C'était le 28 septembre. Le navire avait quitté
les bouches de la Plata et filait par une houle terrible,
lorsque M. Brassey vit au large un navire en feu. Au
signal de ce dernier : « Arrivez immédiatement à notre
secours, » il envoya une embarcation, et *le Sunbeam* se
rapprocha. Il ne tarda pas à apprendre que le navire
incendié était un américain *le Monkshaven,* de Withby,
parti de Swansea pour Valparaiso avec un chargement
de *smelting-coal* (charbon fondant). Le feu s'était déclaré
quelques jours auparavant et avait fait de tels progrès

---

[1] *A Voyage in the Sunbeam, our home on the Ocean for eleven months,*
by mistress Brassey. (Traduit par M. J. Butler sous ce titre : *Voyage d'une
famille autour du monde.*)

les jours suivants, qu'il avait été impossible de s'en
rendre maître et qu'il avait fallu jeter à la mer tous les
objets ou matières inflammables et boucher toutes les
ouvertures. Sauver le bâtiment paraissait chose impossible. On se contenta de recueillir l'équipage, qui se
composait de quinze personnes; mais c'étaient quinze
bouches de plus à bord du *Sunbeam*. Mme Brassey les
accueillit avec sa bienveillance ordinaire. Là où il y a
une femme il y a toujours la bienfaisance ornée de la
grâce. Il paraît qu'au momemt où *le Monkshaven,* secoué
par la tempête et en proie au feu, était menacé d'un
double péril, un bâtiment américain était passé près de
lui. Averti par les signaux de détresse du *Monkshaven,*
ce bâtiment s'était contenté de hisser son pavillon et
avait continué sa route. « En le voyant disparaître, ra-
conta un des passagers, nous nous sommes crus perdus,
et chacun, de désespoir, s'est couché sur le pont. Mais
notre capitaine, qui est très bon, nous a crié : « Il y a
« quelqu'un là-haut qui veille sur nous; » et il avait
raison, puisque, dix minutes plus tard, tandis que j'étais
en train de dire au cuisinier que c'en était fait de nous
tous, nous avons aperçu *le Sunbeam*. » Ces braves gens,
Danois ou Norwégiens, paraissaient affectionner tout
particulièrement deux jeunes garçons de quatorze à seize
ans qui remplissaient à bord les fonctions de novices. « Le
moins âgé, a rapporté un matelot, est le fils unique d'une
veuve; et elle doit l'aimer bien tendrement, si j'en juge
par la façon dont elle l'avait équipé au moment de partir. Mais aujourd'hui la plupart de ses affaires sont per-
dues. Son coffre était resté en bas, et, quand j'ai voulu
installer ses effets dans un vieux sac à pain, il s'est trouvé

trop petit pour contenir ses bottes de mer et son manteau, non pas un manteau de toile cirée comme les
nôtres, mais... — Un *mackintosh?* fis-je. — Oui, c'est
cela, reprit-il, et c'est vraiment dommage que tout cela
soit perdu. L'enfant n'a jamais cru qu'il y eût du danger, jusqu'à ce que je lui aie dit que tout était fini,
puisque l'américain nous avait abandonnés. « Est-ce que
« le navire ira au fond? demanda-t-il. — J'en ai peur,
« répondis-je; mais nous avons des embarcations; ainsi
« aie bon courage, mon petit homme. » Il ne dit plus
rien, seulement il se recoucha sur le pont et se mit à
pleurer. J'ai éprouvé, continue Mme Brassey, une véritable et douce satisfaction à voir la physionomie rayon-
nante de ce pauvre petit quand il est arrivé à notre bord.
Un des hommes a été blessé au pied par un coup de
mer; le capitaine, lui aussi, a la jambe endommagée;
voilà de la besogne pour le docteur. »

Ce capitaine avait un superbe chien de Terre-Neuve
auquel il était très attaché; mais, comme l'animal était
encore un peu sauvage et qu'il craignait qu'il ne fît peur
aux enfants de Mme Brassey, il le noya.

Enfin il fallut pourvoir à la subsistance de ce surcroît
inattendu de bouches pendant la traversée du détroit,
qui devait être de douze jours. Toutefois cette surcharge
ne dura guère. *Le Sunbeam* ayant rencontré un des paque-
bots de la Pacific Company qui retournait en Angleterre,
M. Brassey pria le commandant de prendre à son bord les
hommes du *Monkshaven*, ne gardant que le maître d'équipage, dont les deux jeunes mousses ne se séparèrent pas
sans verser des larmes, car ils l'aimaient beaucoup.

Une lettre datée du 30 juin 1877, de Whitby, et signée

des armateurs du *Monkshaven*, accueillit M. et Mme Brassey à leur retour. Elle contenait des remerciements à leur adresse pour la belle conduite qu'ils avaient tenue à l'égard des malheureux matelots, et se terminait par ces mots : « Comme armateurs, nous avons souvent l'occasion de constater que nos compatriotes sont plus empressés que d'autres à braver le péril pour soutenir des navires en détresse, et nous sommes certains qu'ainsi que vous le dites vous avez éprouvé une véritable satisfaction à rendre ce service à nos hommes. »

C'est sous ces heureux auspices que *le Sunbeam* embouqua le détroit de Magellan par le cap des Vierges, dans la soirée du 5 octobre 1876, trois mois après le départ de l'Angleterre. Le lendemain, le navire mouillait devant *Punta-Arenas*, marqué sur les cartes anglaises sous le nom de *Sandy-Point*. M. Brassey et les siens, débarqués par une pluie battante, eurent le temps, les jours suivants, de visiter la petite ville chilienne et ses jolis environs. La description d'une excursion dans la forêt voisine acquiert sous la plume de Mme Brassey une grâce toute particulière. « Après avoir franchi une plaine sablonneuse et deux ou trois petits cours d'eau, nous sommes arrivés à la lisière d'une grande forêt à travers laquelle nous avons fait quelques kilomètres. Le chemin était difficile, et nous avancions lentement, étant fréquemment arrêtés, soit par un marécage, soit par le tronc d'un arbre tombé en travers du sentier, et presque transformé en amadouvier sous l'action de l'humidité de l'atmosphère ou de la persistance de la pluie. Des lichens de toutes les couleurs et de toutes les formes rampaient gracieusement autour des pieds des arbres, pendant que la longue *tillandsié*, semblable à une barbe de vieillard, pendait du haut des branches les plus élevées. Quelques fleurs messagères du printemps, parsemaient le sol tapissé de mousse. On n'entendait pas un son; on ne voyait pas un oiseau, pas une bête, pas un insecte. Néanmoins cette forêt ne manquait pas d'une grandeur sauvage. »

Mme Brassey n'eut pas la chance de voir ces éternels Patagons que chaque voyageur s'attend à rencontrer sur la côte ferme et surtout à Punta-Arenas, leur lieu de rendez-vous à certaines époques de l'année. Mais elle en eut plus du côté des Fuégiens, dont elle put remarquer et même reproduire par la photographie les traits hideux et le costume sommaire.

Ce fut dans l'*English-Reach,* un peu après avoir dépassé le cap Froward, qu'elle rencontra ces sauvages pour la première fois. Chose curieuse, elle ne leur trouva pas le visage aussi repoussant qu'elle se l'était imaginé. Celui d'une femme lui parut prendre même une expression agréable, et elle la vit sourire aux présents qu'elle lui offrait, et qui consistaient en verroteries de différentes couleurs. Mme Brassey, à qui rien n'échappe et qui observe les choses dans leurs détails les plus intimes, remarque que le fond de la pirogue de ces Indiens « était garni de branches mêlées aux cendres d'un feu récent; que leurs pagaies consistaient simplement en branches d'arbres terminées par un morceau de bois plus large attaché avec des nerfs d'oiseaux ou de bêtes. » D'autres ont décrit les manteaux de peau de guanaco dont se couvrent les Patagons et même les Fuégiens; mais nul n'est entré comme l'aimable écrivain du *Sunbeam* dans le détail de la fabrication de ces vêtements. « On les fabrique avec la peau des nouveaux-nés tués avant leur treizième jour, ou mieux encore avec celle d'animaux tués dans le sein de leurs mères. Ils sont si petits, qu'une fois pliée, leur peau se réduit à deux triangles de la largeur de la main. Au lieu de fil, les femmes indiennes se servent des petits nerfs de la patte de l'autruche, pour unir ces triangles l'un à l'autre. »

Même dans les choses qui paraissent devoir lui être le plus étrangères, Mme Brassey montre un coup d'œil sûr, et son crayon atteint la précision des détails. Amazone intrépide, elle monte à cheval toutes les fois que l'occasion s'en présente. A Punta-Arenas, où le gouverneur a l'obligeance de lui faire préparer des chevaux pour une promenade aux environs de la colonie, elle remarque que les selles des indigènes sont massives et disgracieuses; qu'elles se composent de pièces de bois couvertes d'une douzaine de peaux de moutons et de *ponchos*, ce qui, après tout, dit-elle, constitue une installation confortable. D'énormes étriers sculptés dans le bois et des éperons d'une grosseur démesurée complètent l'attirail du cavalier.

Ce qui ajoute du prix et du charme au journal de Mme Brassey, ce sont les dessins qui accompagnent le texte. Ils sont peu nombreux, à la vérité, mais, par le choix des sujets, par la précision des détails, par le fini du burin, ils sont un commentaire en quelque sorte vivant du texte. Pour ne mentionner que ceux qui accompagnent le récit de la traversée du détroit, voici les armes des Fuégiens, les lances découpées en scie à leur extrémité ou même sur un côté; voici leurs arcs et leurs flèches pour poursuivre le gibier et quelquefois le poisson; voici leur pirogue, profonde au milieu, amincie aux deux bouts, en tout semblable à un hamac ou à certains berceaux d'enfants arrondis et effilés à leurs deux extrémités.

La description pittoresque occupe une grande place dans l'ouvrage de Mme Brassey. Les dessins achèvent ce que la plume a commencé. Voici le cap Froward, dont la vue fait mieux comprendre toutes les descriptions qu'on en a lues; plus loin, les glaciers du *Snowy-Sound* et les montagnes de la baie *Unfit*, qui « défient toute description ». Aussi l'auteur, à ce sujet, renvoie-t-il le lecteur aux dessins de M. Bingham, en reconnaissant l'insuffisance de sa plume. Ici nous croyons qu'il y a excès de modestie. Cette plume n'est pas aussi insuffisante qu'on veut bien dire quand il s'agit de reproduire les beautés de la nature. Nous n'en voulons pour preuve que la page suivante, datée du 11 octobre, alors que *le Sunbeam*, naviguant dans les canaux latéraux venait de quitter Puerto-Bueno.

« Jamais je n'ai vu de tableau comparable à celui qui m'est apparu quand je suis montée sur le pont, ce matin à quatre heures et demie. La lune, pleine en ce moment, luisait au-dessus de nos têtes, haute et brillante; les premiers rayons de l'aurore teignaient la neige des pics; plus bas, le feuillage, les rocs et les bancs de glace gisaient dans l'ombre. La beauté de la scène augmenta encore avant le lever du soleil quand la lumière, partant du faîte des montagnes, se répandit dans les vallées et en illumina les moindres détails; nous étions à cet instant, dans les passes ou *narrows* de Guia. Qu'on imagine des champs de glace, des glaciers, à pic au-dessus de la mer, marquant l'entrée de chaque petite baie, des falaises

et des rocs couverts de lichens aux mille nuances, chaque
rive, chaque promontoire tapissé d'une végétation pré-
sentant toutes les variétés du vert, des bancs de glace
flottants; l'étroit canal lui-même, bleu comme le ciel au-
dessus, parsemé de petites îles toutes chargées de verdure, et réfléchissant les moindres objets avec une telle
netteté qu'il était difficile de séparer l'image de la réalité! Je ne vois rien, en vérité, qui puisse donner l'idée
d'un pareil spectacle et de ses merveilleux effets de réflexion. »

C'est sous cette impression définitive que nous laisse-
rons le lecteur, en le remerciant d'avoir bien voulu nous
suivre jusqu'au bout dans ce long voyage à travers le
détroit le « meilleur qu'il y ait au monde », si nous en
croyons le vieux chroniqueur Pigafetta.

NOTE SUR LES FUÉGIENS

———————

« Nous reçûmes dans la nuit la visite des indigènes. Deux pirogues s'approchèrent du navire vers minuit; elles contenaient une
douzaine d'individus, hommes et femmes, bizarrement éclairés par
les grands feux qu'ils entretenaient au fond de leurs canots. Ils
poussaient des clameurs inintelligibles, au milieu desquelles on distinguait cependant les mots espagnols *tabacco* et *galetta* (biscuit).
On les laissa monter à bord, mais ils ne parlaient ni l'espagnol, ni
l'anglais, ni aucune langue connue : en sorte qu'après avoir échangé
des arcs, des flèches et quelques os coupés en fers de lance; ils s'en
retournèrent au rivage. Le lendemain, de bonne heure, ils revinrent
à bord. Ces sauvages sont misérablement vêtus de peaux de guanacos et de veaux marins qui recouvrent à peine leur dos et leurs
épaules; ils ne sont même pas assez industrieux pour se confec-
tionner des habillements en rapport avec la rigueur du climat sous
lequel ils vivent. Ils avaient fort envie d'avoir des vêtements, qu'ils
désignaient par le mot *quichache*. Nous nous contentâmes de vêtir
un marmot de quelques semaines à peine qui végétait dans l'espace
compris entre le dos de sa mère et la peau qui la recouvrait à
moitié. Je tâchai de demander à ces malheureux d'où ils venaient;
ils me répondirent par des signes qu'ils étaient arrivés de la terre
en face, c'est-à-dire de la Terre-de-Désolation. Ils avaient le type
indien assez prononcé, la taille plus petite que ceux que j'avais en-
trevus près du havre Fitton, les cheveux plats, les pommettes saillantes, les membres grêles, le ventre proéminent. Je les reconnus
pour être des Fuégiens, Pécherais ou Yacanas, qui habitent quelques
points de la Patagonie occidentale et les îles innombrables qui l'a-
voisinent. Je leur trouvai l'air assez intelligent; leur naturel semblait bon, leur caractère extrêmement gai, surtout eu égard aux
souffrances atroces qu'ils doivent endurer. Il y a au monde quelques
peuplades placées encore plus bas dans l'échelle intellectuelle, mais

il n'y en a pas, je crois, qui aient une existence plus misérable. Ils sont d'ailleurs assez malpropres et exhalent par suite une odeur repoussante. Ce qui les étonna le plus à bord fut la présence d'un bœuf vivant. La couleur d'un mulâtre foncé qui faisait partie de notre équipage excita aussi leur admiration. Les essais de conversation étaient pénibles par suite de l'habitude invétérée qu'ils ont de répéter, avec beaucoup de précision d'ailleurs, les sons qu'ils entendent dans quelque langue qu'on les émette [1]. »

Les Fuégiens ont-ils mieux que les Patagons la notion d'un être suprême? C'est ce qu'il est difficile de déterminer. « Quelqu'un voulant chercher à savoir si ces sauvages reconnaissaient un être suprême, se prosterna en montrant le ciel. Chacun d'eux fit à ce sujet un geste et une réflexion, et l'un d'eux, montrant aussi le ciel, entama une mélodie qui ne manquait pas d'un certain charme. Avaient-ils compris la question? Leur chant était-il un hommage à la divinité? En un mot, ces sauvages partagent-ils les dogmes des peuplades américaines qui croient à des esprits, à l'âme du monde, etc.? C'est ce qu'il n'est pas permis d'affirmer [2]. »

De son côté, mistress Brassey nous apprend que l'évêque Stirling, des îles Falkland, qui croise dans ces parages depuis quinze ans, dans un petit schooner, a réussi à civiliser quelques indigènes; mais qu'il lui a fallu une rare énergie pour braver les périls et les fatigues qu'il a eus à subir. Mistress Brassey prétend que les Fuégiens n'ont aucune religion, ou plutôt elle n'a pas entendu dire qu'ils en aient une [3].

[1] Lucien N. B. Wyse (*De Montevideo à Valparaiso par le détroit de Magellan*, 1876).

[2] De Rochas.

[3] *Voyage d'une famille autour du monde*, page 86 de la traduction française.

FIN

TABLE DES MATIÈRES

16083. — Tours, impr. Mame.

Tours. — Imprimerie Mame.

www.ingramcontent.com/pod-product-compliance
Lightning Source LLC
Chambersburg PA
CBHW061436030726
47503CB00005B/1437